月とコーヒー

吉田篤弘
atsuhiro yoshida

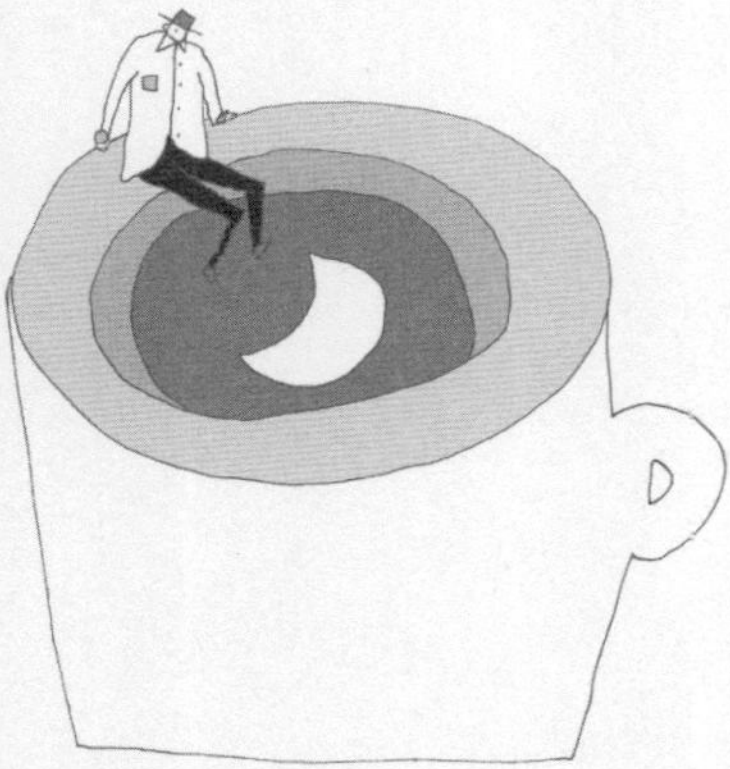

徳間書店

目次

装幀――――吉田浩美・吉田篤弘［クラフト・エヴィング商會］
装画・挿絵――吉田篤弘

月とコーヒー

甘くないケーキ

その町には広大な私鉄電車の操車場がありました。

夜になると、列車という列車がすべてここへ帰ってくるのです。月あかりに照らされた各駅電車のガラス窓が銀いろに光り、車庫におさまった特急列車は走り疲れた豹のようにひっそりと眠っています。

この操車場から北へ十分ほど歩くと、〈第三変電所〉に突き当たります。変電所の向こうは、手つかずの樹木がそのままになった鬱蒼《うっそう》とした森です。

彼の祖母はその森のそばに住んでいました。あるとき、格安の一軒家が売りに出され、祖母は貯金をはたいてその家を手に入れたのです。

そのあたりは、祖母の家の他にはほとんど何もありませんでした。「米と酒」と看板を掲げた小さな食料雑貨店があり、変電所の所員が寝泊まりをする無愛想な施設があるだけです。

いや、もうひとつありました。このような何もないところへ、空から落ちてきた星のように〈ゴーゴリ〉という名の喫茶店があるのです。そんなところに店を構えて、はたして客はあるのだろうかと心配されるのですが、空の上から眺めてみると、周辺にはかろうじて人家が点在し、そうした家に住む人たちが自転車に乗って、〈ゴーゴリ〉へコーヒーを飲みにくるのです。

「それにしても、ここはさみしいところだよ」と、かつて祖母は彼に云いました。

「でも、さみしいと感じるのは、少しでも人が住んでいるからでね、そもそも、誰も住んでいなかったら、さみしいと感じることさえないんだろうね」

祖母はまたこうも云いました。

「わたしは、さみしいことなんてちっとも苦じゃないんだ。長いことひとりで暮らしてきたからね。その方が楽なくらいなんだよ。なにしろ、物語を書く時間がたっぷりあるしね——」

祖母は彼がまだ子どもだった時分から「物語」を書いていました。

「とても長い物語よ。だから、完成するまで、すごく時間がかかると思う」

祖母はその「物語」を革の表紙がついた特製のノートに鉛筆で書いていました。虫眼鏡で覗かないと読めないくらい細かい字でびっしり書いてあり、そのノートにしてもそうでしたが、彼には祖母が遺《のこ》したものを整理する使命がありました。

何より家を処分すべきかどうかを決められず、何年ものあいだ、彼はその決定を先延ばしにしてきたのです。

ただ、この一ヵ月あまり、彼は祖母の家で暮らし、〈ゴーゴリ〉に通っては、コーヒーを飲みながら祖母のノートを読んでいました。勤めていた活版印刷所が廃業となり、さしあたって仕事をなくしてしまった彼は、祖母の書いた長い長い「物語」を読むことを当面の仕事としたのです。

*

喫茶店〈ゴーゴリ〉の歴史は、彼の祖母がこの土地に移り住む前から始まっていました。いまは、深緑いろのセーターを着た無口な若い女のひとが主人ですが、少し前までは、この場所に店をひらいた彼女の祖父がひとりで営んでいました。

（もう、やめてしまいたい）

一カ月前のことです。声には出しませんでしたが、彼女は切実にそう思いました。

（こんなさみしいところで、お店をつづけていくなんて耐えられない）

彼女は〈東町図書館〉の臨時雇いに採用が決まっていたのです。しかし、働きはじめて一週間と経たないうちに祖父が他界し、

「あなたにお願いしたいの」

母に云われて、とりあえず〈ゴーゴリ〉を引き継ぐことになりました。

とはいえ、あまりに急だったので、図書館で働くことに未練がのこり、祖父が書きとめていたレシピをもとに、なんとか店をつづけていましたが、（そろそろ限界かな）とコーヒーをいれる手が止まることが度々ありました。

それでもつづけていたのは、自転車に乗ってずいぶん遠くからコーヒーを飲みにき

てくれるお客さんがいて、

「さみしいところだからこそ、つづけなくてはいけないと思うの」

母の言葉に気持ちが揺らいで、見切りをつける決心がつかなかったのです。

いえ、じつはもうひとつ理由がありました。

一ヵ月ほど前から、毎日、午後一時にあらわれる青年――というのはまさしく彼のことです――がいて、毎日、同じ席に座り、毎日、同じノートをひらいて、虫眼鏡をあてがっては熱心にノートの文字を読んでいるのです。

彼もまた口数が少なく、無口な彼女が少しずつ話を聞き出して、彼がいま何をしているのかようやく理解しました。

「では、あの家にひとりで暮らしているのですね」

「そういうことです」

「お食事は――」

「一応、自分でつくっていますが――」

「もしかして、お腹がすいています？」

「ええ、じつを云うと」

「うちは簡単なサンドイッチしかできないんですが」

その「簡単なサンドイッチ」を彼もまた毎朝自分でつくっていて、

「今朝も食べたので、サンドイッチはもうたくさんです」

「そうですか」

彼女は申し訳なさそうにテーブルを離れ、カウンターの中に戻ると、祖父が書きのこしたレシピの束を取り出しました。

（何かつくることはできないかしら）

じつは、レシピの束の中に、ひとつ気になるものがあったのです。〈甘くないケーキ〉という名前が祖父の字で書いてあり、しかし店のメニューにそんなものは見当たりません。おそらく、試しにつくってみたものの、実際に提供することはなかったのでしょう。

（でも、なんだかおいしそう）

祖父のレシピは祖父らしいごつごつとした字が並び、きわめてそっけなく材料の分量と不親切な手順が書きとめてあるだけでした。なんとなく、（おいしそう）などと思ったものの、さて、どんなものができ上がるのか見当もつきません。

メニューにのらなかったということは、まったくの失敗作であったとも考えられ、ちょっとした冒険ではありましたが、彼女はつまり、青年の空腹を充たすためにそれをつくってみたのです。

＊

「試食ですから、お代はいただきません」

いい具合に焼きあがったそれは、なんともこうばしい香りがして、色といい艶といい、いかにもおいしそうでした。一見、手のひら大の、丸くて平たいパイのようです。

「いいんですか？」

そう云いながらも彼は目の前にあらわれたそれを、さっそくナイフで切り分けようとしたのですが――、

「やっぱり、硬いですよね」

彼女はすでに試食をしていたので、容易に切り分けられないことを承知していました。でも、味はすこぶるよかったのです。

硬い皮の中に、甘くはないけれど、さまざまな味が見つかり、そのいくつもの味が口の中で重なり合って、言葉では云い表せないおいしいものになる——。

彼もようやく切り分けて口に運び、ミートパイのようでありながら、アップルパイのようでもあり、さらには、南瓜やアーモンドやチーズの味まで感じられ、それらが口の中にあらわれては消えてゆくさまに、（祖母の物語にそっくりだ）と感じ入ったのです。

虫眼鏡で丹念に拾いつづけた祖母の文字は、これまで彼が読んだことのない、さまざまなものが入り混じりながらも新鮮な味わいをのこす物語を醸していました。

想像していたよりずっと濃密で、想像していたよりはるかに長い物語でした。発見もありました。

ノートのところどころに、直径四センチほどの円状の染みがあるのです。

色は茶褐色で、完全な正円を描いているときもあれば、半分欠けていたり、わずかな円弧だったり。

さて？　と虫眼鏡で観察するうち、ふと気づいて、テーブルの上の飲みかけのコーヒーカップを染みの上に置いたところ、寸分違《たが》わず〈ゴーゴリ〉のカップの底と同じ大きさなのでした。

（この店で書いていたのか──）

ふいに祖母とつながる感覚を彼は感じとりました。

と同時に、それまで読みすすめてきた物語が、どのような結末を迎えるのか、あともう少しでノートのいちばん最後のページにたどり着こうとしていたのですが、彼にはすっかりわかってしまったのです。読み終える前に、物語の終わりが体の中にふつふつとわき上がってきました。

これはきっと彼が印刷所で働いてきたことと無縁ではありません。

彼はこれまで、さまざまな物語を印刷してきましたが、いつからか、試し刷りを読むうちに物語の先行きを云い当てられるようになり、いつか自分も物語を書いてみたいと思うことがありました。

しかし、いざ書き出そうとすると、何をどう書いていいかわからないのです。

一方、店主の彼女はといえば、祖父があたらしいメニューを模索していたことを身をもって知り、（自分なりに改良してみよう）と心ひそかに決めていました。

彼がノートをすっかり読み終えたのは、その夜のことです。

空にはノートの染みによく似た完全に円い月が出ていました。

最後の一行はノートのいちばん終わりのページの五行目に書いてあったのですが、それは文章の途中で——物語の途中で、突然、息切れするように終わっていました。

（ちがう）と彼は首を振りました。

（これで終わりじゃない。僕はこのつづきを知っている）

彼は自分のノートをひらきました。

月の光に照らされて、それは途方もない予感に充ちてどこまでも真っ白でした。

「完成するまで、すごく時間がかかると思う——」

祖母の声がどこからか聞こえてきました。

映写技師の夕食

彼女はアオイという名の十七歳の女の子で、これまでにいろいろと問題があって人生がつまらなくなり、いまはモリナガという町で出前の仕事に就いているのです。出前というのは西洋の言葉におきかえると、「デリバリー」ということになるでしょうか――。

モリナガという町はことごとく昔のままで、彼すなわちイノウエは、この町のそんな風潮が肌にあって、この秋からモリナガに住み暮らしています。

イノウエは自転車を直すのが若いときからの生業《なりわい》でした。

彼はタバコを吸うときにマッチを擦るのを、ことのほか小気味よく感じており、モリナガへ来るなり自分の店の宣伝用マッチをつくって、そこに〈イノウエ自転車病院〉と店の屋号を刷り込みました――。

あ、ちょっと待ってください。イノウエの話はひとまずどうでもいいのでした。急いで話をアオイに戻しましょう。

彼女は〈出前協会〉に登録している、いわゆる〈自由出前人〉です。これはようするに特定の洋食屋や中華料理屋に身を置くのではなく、そのときそのときで店の注文に応じて、ピザを運んだり、焼き飯を運んだり、ストロベリー・パフェを運んだりするのです。西洋の言葉におきかえると「フリー」ということになるでしょうか。

ついでに申し添えますと、アオイは登録をするときに「昼」と「夜」のどちらかに◯をつけよ、と用紙に書いてあるのを読み、彼女は夜が好きでしたから、迷うことなく、「夜」の方に◯をつけて提出しました。

しかしこれは、出前の仕事に際して、昼食専門を希望するか、夕食専門を希望するかという二者択一で、無事に面接にも合格して出前の免許をもらい受けたとき、アオイは身分証明カードの右上に「夜」と青い判子が捺《お》してあるのを見つけて、ようやくその意味を理解したのでした。

「いいじゃないか」とイノウエはアオイの自転車を診ながら笑みを浮かべました。

「私も昼か夜かと訊かれたら、夜に〇をつけてしまうだろうね。現にこうして夜中まで店をひらいているわけだし――」

「でも」とアオイは首を横に振りました。「わたしは女ですし、まだずいぶんと若いですし、夜のモリナガを自転車で走りまわるのは心細いのです。このあいだも、ミズシマさんに、『それはとても危険なことですよ、お嬢さん』と云われました」

「ほう」とイノウエは油で黒ずんだ指で、鼻からずり落ちたロイド眼鏡を正しい位置に押し上げました。

「そのミズシマというのは誰のことだろう？」

「映写技師さんです」

今度はアオイが笑みを浮かべました。

＊

映写技師のミズシマは、モリナガのはずれにある三本立て映画館で働いています。三本の映画を一日に二度も三度も上映するので、朝から晩までフィルムを回しつづけなくてはなりません。

それで彼は夕食を食べに行く間がないのです。致し方なく出前を注文し、これを届けにくるのが決まってアオイなのでした。

ミズシマは大変に大人びた青年で、礼儀正しく、言葉づかいもふざけたところがありません。アオイのことを「お嬢さん」と呼び、そんなふうに呼ばれたのは初めてだったので、アオイはすっかりミズシマに恋をしてしまったのです。

でなければ、あのように困難なところへサンドイッチを届けようとは思いません。

「無理です。わたし、できません」と〈出前協会〉に申し出て、別の出前人にチェンジしてもらうことも可能でした。

しかし、アオイは行くのです。毎日、行くのでした。なぜなら恋をしているからで、いいえ、もちろんそれだけではなく、ミズシマが驚くばかりに小さな部屋で、誰にも知られることなくこつこつと仕事をしている様子に、（わたしが救いたい）と思ったのです。(あのひとの空腹を充たしてあげたい)と――。

午後六時十五分。

それが映写技師ミズシマの夕食の時間です。その時間きっかりにアオイはミズシマが所望する「簡単なサンドイッチ」を届けにいきます。それは決してエッグ・サンドやハム・サンドではありません。何がはさまっているかはどうでもいいのです。

「とにかく、簡単に食べられるものにしてください」

ミズシマの注文はその一点に尽きました。

オーダーを受けたサンドイッチ屋のヤマモトは、「ふつうのサンドイッチよりかなり小ぶりで、全体的にもたつきのないものにしてある」とアオイに説明しました。

「すごく、きりっとしたサンドイッチなんだよ。それでいて、適度に水分を保ってる。簡単だけど簡単じゃない。自分で云うのもなんだけど、これこそ最高のサンドイッチだと思う。でも、君がもたついてしまったら元も子もない。六時十五分までにかならず届けておくれ」

「はい」とアオイは自転車に飛び乗り、サンドイッチをいれた白くて華奢《きゃしゃ》な箱が動かないよう、背中の〈安心箱〉にしっかりとホールドしました。

　しかしです。

　ミズシマのいる〈映写室〉には「映画館の裏口から入るように」と館主にきびしく云われており、この裏口を目指すためには、ほとんど迷路と云っていいビルとビルのあいだの細い路地を行かなくてはなりません。右へ曲がったり左へ曲がったりもあわただしく、地図ではなく体で覚えないと逆に迷ってしまいます。

　それで、アオイはまだ陽の暮れない昼のうちから何度もその迷路を走りまわり、体に順路を記憶させて夕方の出前に臨みました。

　想像を絶するような狭い路地です。自転車は無論のこと、人がすれ違うこともままならず、ただでさえビルの狭間は陽が当たらなくて、六時を過ぎると真っ暗です。

　東西南北もわからなくなり、わずかな手がかりとなるビルの窓からこぼれた光と、ビルの表側で輝くネオンサインの照り返しを頼りに走りました。

　到着までおよそ十二分間――。

　修練の甲斐あって、アオイは一度も迷うことなく映画館の裏口にたどり着き、どこで引っかけたのか、ジーンズの裾に破れが生じているのを見つけて肩を落としました。

そもそも、おめかしなどできないのです。ほとんど男の子が着るような服ばかりで、かならずどこかがほつれていたり薄汚れたりしています。

「ああ」と嘆いている間もありません。

しかも、難関はこれだけではなく、じつのところ、「裏口」というのは名ばかりで、そこが出入口になっていると知らなければ誰もが見過ごしてしまうような壁の亀裂なのでした。亀裂がひろがって壁が崩れ落ち、修繕が必要なのにそのまま放ってある、といった風情です。

しかし、この亀裂に体をねじ入れてどうにか向こう側へ抜け出ると、そこから先はほの暗い廊下になっているのでした。廊下の奥に十五ワットの裸電球がぶらさがり、それがミズシマのいる「映写室」の目印です。

子どもの体しか通れないような扉をあけ、

「おまたせしました」

アオイは部屋の中へ向けて控え目に声をかけます。

すると、「どうぞ、おはいりください」とミズシマの声がして、声を目指して梯子を四段ほどのぼると、そこがもうミズシマの仕事場なのでした。いかにも謎めいた機械が音をたてて動き、光と埃と上映中の映画の音が部屋を充たしています。

しかし、あまりに狭い部屋なので、アオイがサンドイッチの白い箱を手渡すときは、ミズシマの顔が眼前まで迫り、

「ありがとう」

と彼はくぐもった声で云うのでした。

「それにしても」とアオイは毎日同じことを口にします。「ここは本当に狭いですね」

「うん」とミズシマは頷くと、フィルムが正確に回っているのを確認しながらサンドイッチの箱をひらき、小さく切り分けられたひとかけらを手探りでつまんでは、映写機を気にしながら無言で口に運びます。

アオイはジャケットの内ポケットから小型の保温ポットを取り出し、自分でいれてきたコーヒーをポットのふたに注いで、湯気と一緒に差し出しました。

「ありがとう」

ミズシマは礼を云いながらコーヒーを飲み、サンドイッチを食べ、コーヒーを飲み、サンドイッチを食べ、を繰り返し、

「ここは狭間ですから」

ようやくそう答えました。それは「狭いですね」と云ったアオイの言葉に対する返答であり、

「狭い必要があるのです」

彼は毎日同じ言葉を繰り返しました。アオイはそれを毎日聞いているのです。

「ここから投影しているのを、お客さんに意識させないのがぼくの仕事です」「理想を云うと、どこに映写室があるのかわからない方がいい」「ここはフィルムとスクリーンの狭間にある、あってないようなところ」「狭ければ狭いほどいいんです」

そして――、

「ごちそうさまでした」

彼は空になった箱と空になったポットのふたをアオイに返し、ひとしきりハンカチで口をぬぐうと、ただちに仕事に戻って、身をひそめました。

＊

イノウエはアオイの話をひととおり聞くと、夜どおし走りまわった自転車の傷の手当をして、ねぎらうように薄くなめした鹿革で磨きをかけました。

「これでいいだろう」

「ありがとうございます」

アオイは修理代を払うと、すっかり輝きを取り戻した自転車のハンドルを握って、雲間に見え隠れする月を見上げました。

「どうして、自転車はこんなかたちになったと思う？」

イノウエも月を見上げながらアオイに訊きました。

「さぁ」とアオイが首をかしげると、

「とびきり狭い道を走るためにだよ」

イノウエはタバコをくわえてマッチを擦りました。

DOUGHNUT

黒豆を数える二人の男

頭の上を旅客機が飛んで行くのを見上げ、こんな山奥でも飛行機は飛ぶのだな、とタナカはいまさらのように気づきました。

そこは仙人が住んでいるような山奥だと物の本には書いてあるのです。誰も近寄りません。昔からこの山には魔物が棲みついていて、特別に用事がない限り、立ち入ってはならないと云い伝えられてきました。

しかし、特別な用事があれば話は別です。示し合わせたわけではないのに、東と西から二人の男が山へ入り、たまたま同じ頃合いに山の北側にある禅寺にたどり着こうとしていました。タナカは東から山に入った三十三歳の少々くたびれた万年青年で、もうひとりの西から入った立派な体軀《たいく》の中年男はフルタと呼ばれていました。

フルタもまた飛行機の音に空を見上げ、「なんだよまったく、夢を壊してくれるじゃないか」とつぶやきました。

二人はそうして別々のけもの道をたどってきたのでしたが、フルタの云う「夢」とはすなわち、この寺で修行することによって得られる「魔法」を指していました。

仙境とでも云うべき山奥できびしい修行に励むのだと、まるで別世界に参入する意気込みでのぞんだのです。しかし、頭上に見なれた国内線の機影がよぎり、フルタは少しばかり興ざめしてしまいました。

「せっかく、魔法使いになろうっていうのに――」

フルタはそう口走りましたが、「魔法使い」という言葉をその禅寺では使いません。ここで、その道をきわめる者は「魔法修行者」と呼ばれ、魔法を自在にあやつることが重要ではなく、それを修得するまでの時間を尊ぶことに主眼があるのでした。

タナカもフルタもそうした事情は承知のうえで、巷《ちまた》では尋常ならざる修行の日々を送ることになると聞きおよんでいました。

しかし、二人にはそれぞれ理由があり、どうにかして魔法を身につけたいと強く願っていたのです。

＊

寺の主であり、魔法をつかさどる老師でもある大坊という人物は、その名前とは裏腹に小柄な老人でした。街のうわさでは大坊の魔術は何ができるとかできないとかではなく、およそ、あらゆる不可能を可能に転じることができると、まことしやかに語られていました。

陽の暮れかかった禅寺にたどり着いたタナカとフルタは、しばらく、お互いを血走った目で見合っていましたが、大坊はめったに訪れない修行者が同じ日の同じ刻限に二人もあらわれた椿事《ちんじ》に、目を細めて「ようこそ」と迎え入れました。

しかし、大坊が目を細めたのはこのときだけです。

その夜からさっそく修行が始まり、タナカとフルタは自由な飲食を禁じられて四畳半の相部屋に押し込められました。薄っぺらな布団がふた組と、子供が習字をするときに使う小机がふたつあるきりです。部屋の真ん中に三十ワットの裸電球がぶらさがり、就寝時には電球そのものをひとひねりすることで消灯となるのでした。

真っ暗になった部屋にフルタの声が響きます。

「お前さんは一体どうしてここへ来たんだ」

「そちらこそ、どうしてなんです」とタナカがすかさず訊き返すと、

「おれは、じつを云うと殺し屋なのだ」と凄みのある声でフルタは答えました。

「しかしまぁ、こわがることはない。おれとしても、こんな寝ざめのよくない仕事をつづけたくないんだ。ここはひとつ魔法を修得し、手品師みたいに、何もないところから札束を取り出そうって寸法だ。で、あんたはどうなんだ?」

「ええ」タナカは少し間をおいてハナをすすりました。「アオという名前の小さな鳥にもういちど会いたいのです」

「青い鳥?」

「いえ、そうではなく、アオという名前で、僕がつけたのです。いい鳥なんです。とても頭がよく、ときどき、人間のようにくしゃみをしました。しかし、アオは自分が

くしゃみをする鳥であることを恥じていて、それである日、部屋の窓から飛び去ってしまったのです」

「おい」とフルタは話をさえぎるように声を大きくしました。「あんたは、そんな鳥のために魔法を覚えようっていうのか。もういちど会いたい？　会えるんじゃないか、そのうち。頭がいいなら、きっと帰って――」

「もう二年になります」

しばしの沈黙が流れました。暗い部屋の真ん中にただひとつ、すきま風にあおられた電球が振り子のように揺れていました。

＊

それから一週間あまり、二人はひたすら修行に励みました。と云っても、さて、こんなことが一体何になるのか、というようなことばかりです。中でも、最も長い時間をかけて繰り返されたのが、黒豆の数を数えるというものでした。

大坊の弟子にミズキという女がいて、二人が修行を始めてしばらくすると、どこからともなく姿をあらわし、大坊の代わりに指示を出したり、二人の面倒を見たりしていました。ミズキは黒い箱の中に山となった黒豆を適当に柄杓《ひしゃく》ですくい、黒い皿の上にざっと音をたてて散らします。

「その数を一瞥《いちべつ》で数えなさい」とミズキは云うのですが、この黒豆は寺の近くに密生するめずらしい植物の種子で、外見からして非常に深い黒さを持ち、そればかりか、豆の中までもが同じような漆黒なのでした。

皿に黒豆がまかれた瞬間、その数を当て、当てたぶんの豆がミズキによって調理されて、その夜の二人の食事となります。朝の食事は同じ豆を粥にしたもので、つまり、この一週間あまり、二人はこの黒豆だけを食べてしのいできました。

「おれはもう逃げ出したいよ」

フルタが裸電球を見上げながら小声で訴えました。

「腹が減って仕方がない。食いものの夢ばかり見る。とりわけ、肉鍋の夢だ。あんなにうまいものはない。おれは肉鍋を食うことによって、おれという人間を維持してきたんだ。ここへ来て、それがよくわかった。だから、一刻も早く肉鍋を食わないと、おれはおれでなくなっていく。あんたはどうだ？」

「僕は」とタナカはしばらく考え、「湯気のたつ熱いコーヒーとドーナツですね」

「ドーナツ？」

フルタはあきれ顔になりながらも、すっかり頬の肉が落ちたタナカの顔をしげしげと眺めました。

「あんたはまだ子供なんだな。しかし、それでいいのかもしれん。魔法なんてものは子供たちが夢見るもので、おれのように世の中のいちばん底をうろついてきたヤツには、まるで似合わない」

「そうでしょうか。僕はそう思いません。フルタさんが本当にそのいちばん底から逃れたいと願っているなら、そういう人にこそ、魔法は宿るのではないですか」

「へっ」とフルタは笑っているような泣いているような怒っているような顔になりました。

「知ったようなことを云いやがって」

＊

二人は、毎日、黒豆を数えつづけました。

人間というのはじつに大したもので、そうしたことでも、毎日つづけていると、次第にコツをつかみ、いつのまにか、難なく数を当てられるようになっていました。それにしたがって、夜の食事の黒豆の数も少しずつ増えていき――、

「おれは、ただでさえ腹黒い男だ。腹の中に黒いタールがたまっている」

フルタは裸電球を見上げながらタナカに訴えました。

「そのうち、おれの腹から石油がとれるだろう。そこへ持ってきて、この黒豆だ。おれはもう、自分の黒い海におぼれて、どうにかなってしまいそうだよ」

その夜おそく、とうとうフルタはたまらなくなって寺を逃げ出したのです。山をおりて街へ戻り、頭の上をひっきりなしに飛行機が飛び交う路地裏の屋台で肉鍋を食べるのだと胸がおどりました。

一人のこされたタナカは、次の日から調子が上がりません。黒豆を数えるのも、フルタと競い合うことで上達していたのだと思い知りました。

「いえ、本来、修行は一人でするものです」

ミズキに諭されました。

「ここからが、あなたの正念場ですよ」

タナカはひたすら一人で黒豆を数え、一人で裸電球をひねってはは寝床につきました。

「正念場か」そう念じて眠りについたのですが、その夜の夢にフルタがあらわれ、彼は妙にこざっぱりとした服を着て、白い小さな箱をいくつも抱えていました。

「街に戻って、ドーナツ屋を始めたんだよ」

白い箱の中に色とりどりのドーナツが詰め込まれ、タナカは、さぁどれを食べようかと迷っているうちに目がさめてしまいました。ああ――。

また一日が始まって修行の時間となり、タナカはひとつとして黒豆の数を当てられなくなりました。そうなると、夜の食事はわずかに白湯を一杯いただくだけです。

(逃げ出したい)

裸電球の下でしばらく正座し、タナカはついに思いを決めて、よろよろと立ち上がりました。電球をひねって部屋を暗くし、そろりそろりと部屋をぬけ出ると、月あかりが水を張ったように廊下をみたしています。

少しずつ暗さに目がなじんできたとき、そこに思わぬ人影が生じて、

「これをどうぞ」

人影はミズキの声でそう云いました。

「フルタさんからの差し入れです」

ふいにタナカの鼻先に湯気がひろがり、こうばしいコーヒーの香りが、笑っているような泣いているような怒っているようなフルタの顔を呼びさましました。

コーヒーと一緒に白い小さな箱が手渡され、「もしや」と思ってふたをひらくと、夢で見たとおりにドーナツが入っています。ふたの裏には、子供みたいな拙い字で、「あんたはもういちど、アオに会える」と書いてありました。

「なんだか、魔法のようです」

タナカは口を結んで目を閉じました。

アーノルドのいない夜

彼らはなるべく静かな終《つい》の住処《すみか》を選んだのです。条件はそのひとつだけで、入居に際して「他に望むことはありません」と明言しました。

このシニアハウスには十二人の老人たちが暮らしているのですが、都会のはずれにある低層マンションを改築したものでした。大通りから離れ、木立ちに囲まれて、夜になれば周囲に人通りもありません。

「陸の孤島というやつだな」

老人のひとりが云いました。彼らは――まったくの偶然なのですが――皆同じようにシニカルで、厭世《えんせい》的で、他人と仲良くしようという意識がないのです。

「もう、この歳になったらね」と彼らは云います。

「他人のことなんて、どうだっていいんだよ」

静かに余生を送ることができたらそれでいい。望みはそれだけだね——口を揃えてそう云うのですが、

「毎日のお食事は、ちゃんとしたものがいいわね」

七十八歳の園子さんが云いました。

これは十二人の共通した意見でもあります。

ハウスの経営者は彼らの希望になるべく応えてあげたいと考え、歳若い男の料理人を雇って、朝昼晩の三度の食事を、他のどのハウスよりも充実したものにしました。

「ただし、料理人は常駐ヘルパーでもありますので——」

語尾がにごされましたが、これは恒常的なヘルパー不足のあらわれでした。

二十一世紀の後半にはいってから、こうしたコンパクト・タイプのシニアハウスの中には常駐は皆無というところもあるのです。それに比べれば、シェフが本職なのでいささか心もとないとはいえ、何かあったときに若い男の力が借りられるのは得難いことでした。

料理人の彼は、ハウスの厨房をまかされる以前、フランス料理店でシェフの見習いをしていました。

「道理で料理がこじゃれてるわ」と八十二歳の真奈美さんが云いました。

「バターを控えめにしてほしいな」と八十三歳の哲郎さんが云いました。

「見ばえより味よ」と七十九歳の光代さんが云いました。

こうした彼らの意見にもいちいち耳をかたむけ、若い料理人は、毎日、彼なりに工夫をこらしておいしい食事を老人たちに提供していました。

彼の上の名前は安藤というのですが、老人たちは——とりわけ御婦人たちは——はたして本当に耳が遠いのか、それとも若い彼をからかっているのか、「アーノルド」とその名を聞き間違え、以来、老人たちの誰もが彼を「アーノルド」と呼ぶようになりました。

＊

ある夜のことです。

食事は一階にある食堂で、皆一緒に食べるならわしになっているのですが、その夜もアーノルドは腕をふるい——いや、いつもより余計に奮闘して大変に手の込んだ料理をつくったのでした。

しかし、揃って皮肉屋である老人たちは、

「こりゃ一体、なんだい？」「ちまちましていて、ちっとも食べた気がしないね」「あたしは塩鮭が食べたいんだよ。こんな訳のわからないものは食べたくないよ」

口々にそんなことを云うのです。

「ごめんなさい」とアーノルドは丁重に詫びながらも、老人たちが全員揃っているのを確認すると、「すみません、じつは」と打ち明けたのです。

「ぼくは明日、故郷に帰りたいのです」

楊枝で歯の隙間にはさまった食べかすを掃除したり、食後のコーヒーを飲んでいたりした老人たちは、一斉にアーノルドのいかにも申し訳なさそうな顔を見ました。

「ひと晩で戻ります。でも、明日の晩御飯だけ、どうしてもおつくりすることができません。もし、簡単なものでよかったら、つくり置いておきますが――」

「ふうん」と八十四歳の光男さんが首を横に振りました。「それはまた、自分勝手な話だね。簡単なものなんか食べたくないよ。冷えたスープ？　冗談じゃない」

「この先、そんなことが何度もあると、わたしたちは餓死してしまうのよ」――八十二歳の里菜さんがそう云いました。彼女はいつも云うことが大げさなのです。

「すみません」とアーノルドは何度も頭を下げました。「じつは妹が体をこわして入院してしまったのです。幸い、悪い病気ではないと検査の結果も出たんですが、ずいぶん心細い思いをしているようなので、顔を見に行きたいのです」

「それを云うなら、顔を見せに行くだろう」と誰かが意地悪く指摘しました。

「お前さんの、そのしけた顔をかい」と誰かが鼻を鳴らしながら云いました。

「本当にひと晩だけだろうね」「約束できるなら仕方ないけどさ」「妹思いの兄さんってわけか」「こっちだって、いつお迎えが来るかわからないんだけどね」「まぁ、好きなようにしたらいいよ」

どうにか理解を得られ、アーノルドは翌日の朝、老人たちの朝食と昼食を準備すると、小さな旅行鞄ひとつで郷里に向かいました。

「ふん」「いい気なもんだ」「まったくもって」

老人たちはいつもの温かい食事ではなく、とっくに冷えてしまった料理を食べながら、何度も文句を云いました。アーノルドの書き置いたメモには「温めなおしてくださ い」と指示があったのですが、

「そんな面倒なことができるかい」

老人たちはメモを無視して冷たい料理を味気なく食べたのです。

「やっぱり、夜の分もつくっておきますよ」

出発前にアーノルドは何度もそう云ったのですが、

「いいよ」「一度、冷たくなっちまったものなんてうまくない」「勝手に好きなものを食べますよ」「カップ麺の買い置きがあるし」「デリバリーの方がよほどうまいね」

老人たちの誰もが拒否したのです。

昼食のあと、しばらくいつものように静かな時間が流れました。誰も自分の部屋に戻りません。食器を片づけると食堂の椅子に腰をおろし、十二人の老人たちは口をと

ざしたまま動きませんでした。

「本当は秘密にしておきたかったんだけどね」――見かねたように哲郎さんが云いました。「僕は昔、ヨコハマで洋食屋をひらいていたことがある」

「ほう?」と七十七歳の新一さんが顔を上げ、哲郎さんの顔をまじまじと見なおしました。「なんという店ですか?」

「〈エデン〉といいまして――」

「ああ、あの店ですか。私もヨコハマだったんで、よく行きましたよ。そうでしたか、じゃあ、あの店のクリーム・シチューはあなたが――」

「ええ。僕がつくっていました。あれはうちの看板メニューでしたからね」

「そうなの?」と里菜さんが興味深そうに身を乗り出しました。「じつは、わたし、調理師の免許を持ってるの。友だちのお店を手伝っていたことがあって――」

「シチューくらいなら、私だっておいしくつくれますよ」「あたしだって」「ほう、そうかい」「そうなんだ?」と見合わせた顔がしだいに増えてゆき、そのうち十二人の老人たちは気づいたのです。身寄りのない彼らは、ここへ入居するまで、自らの食事を毎日毎日、一日も休むことなくつくりつづけていたのだということを――。

＊

哲郎さんの指示に従い、何人かは厨房の中に入り、何人かは食堂のテーブルの上で晩御飯の支度――クリーム・シチューをつくる準備をはじめました。

彼らがこんなにも饒舌《じょうぜつ》に言葉を交わし、こんなにも身軽に動きまわり、その合間に知恵をしぼったり、若いときの記憶をたどったことはかつてありませんでした。

それまでお互いに相手が何者であるか知りませんでしたし、特に知りたいと思ったこともなかったのです。なにしろ、皆、意地悪で、皮肉ばかり云って、とても仲良くできるわけがないと思っていたのです。

「じつを云うと、私はね――」

「いままで云わなかったけれど、僕はさぁ――」

食事の準備をしながらの打ち明け話は、見事なクリーム・シチューが完成し、「おいしい」「うまい」と子供のように喜んで食べたあともつづきました。

窓の外には月が見えています。彼らは好物のコーヒーを飲み、

「ねぇ」

と誰かが云いました。

「このことは、アーノルドには内緒にしておきましょう。だって、あたしたちがこんなにおいしい御飯をつくれると知ったら、彼はきっと気を抜いて、また、いついなくなってしまうとも限らないから――」

「そうね。なんだかんだ云って、わたしは彼の料理はなかなかのものと思ってるし」

「そのとおり」

「彼はいい料理人だよ」

彼らはまるで証拠を隠滅するように鍋や食器をきれいに洗って元どおりにし、食べのこしや食材のあまりを袋にまとめると、翌朝、すみやかにゴミの集積所に出しておきました。完璧でした。

「こう見えて」と九十一歳の達夫さんが云いました。「わたしは数々の犯罪を成功さ

せてきたんでね――」
ルパン気取りで銀ぶちの眼鏡を光らせました。

＊

「ごめんなさい。皆さん、お待たせしました」

アーノルドは朝の食堂に駆け込むようにしてあらわれ、「急いで朝食をつくります」と素早く白衣に身を包みました。

「皆さん、お腹が空いたでしょう」

「ああ」と誰かが、むすっとして答えました。「あんたが留守にしたおかげで、われわれはもう――」「本当にね」「もう二度とこんなことはないようにお願いしますよ」

そのあたりで誰かが笑い出し、笑いはすぐに老人たち全員に伝染しました。

そんなことは初めてで、アーノルドは訳がわからないと思いながらも、つられて皆と一緒に笑いました。

白い星と眠る人の彫刻

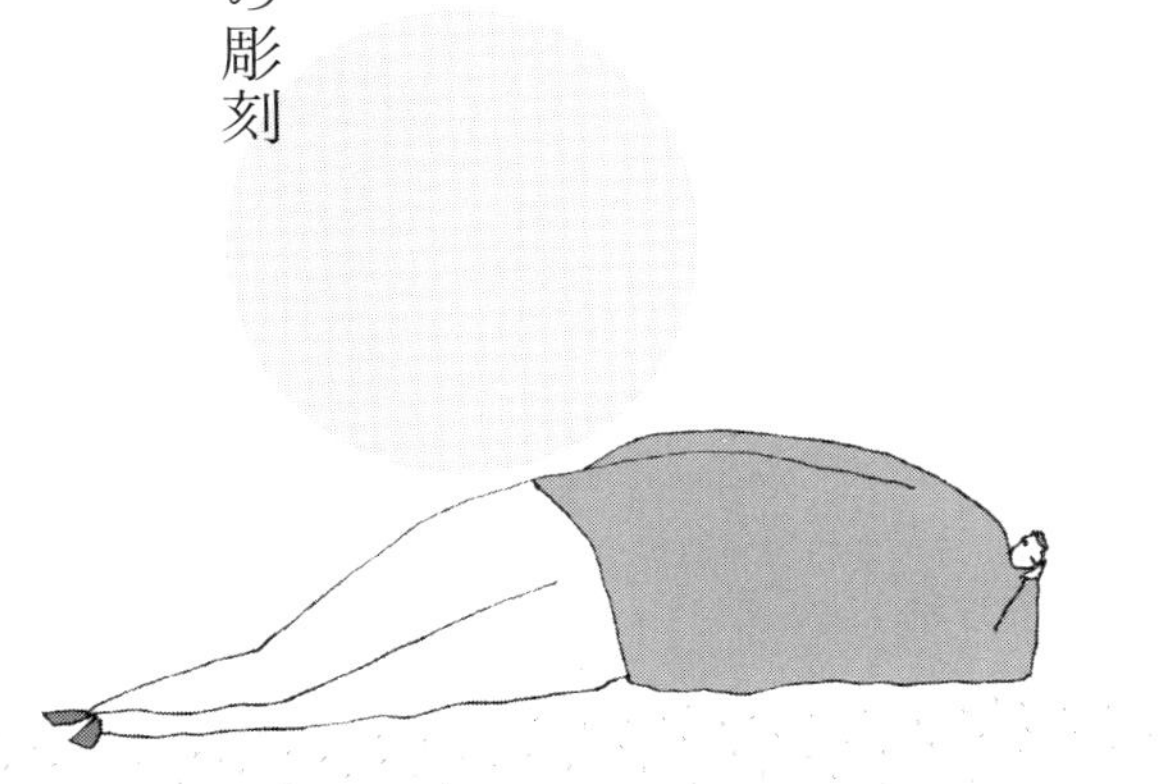

午後になって雲が流れ、空一面が青く晴れわたったところに、その白い大きな星が姿をあらわしました。

これまで昼の空にはシスクという名の小ぶりな惑星がひとつ浮かんでいるだけでしたが、そのあたらしい星は、おそらくシスクの何千倍、何万倍もの大きさでした。表面の陰影が、ひとつひとつ確認できるのではないかというくらい近くに感じられるのです。

ハブカはその日、ガレージで自転車を磨いていました。

そのうち、なにやら辺りが騒がしくなってきたので通りへ出てみると、街の人々が一様に空を見上げ、その視線の先に途方もなく大きな白い星が浮かんでいました。

「とうとう、サイロンが来てしまったよ」

背後でなじみ深い声がしたので振り向くと、友人のミカリが青白い顔をして立っていました。

ハブカとミカリは大学の同級で、卒業後にミカリは宇宙学の道を進み、ハブカは父親の仕事だった肖像彫刻師を引き継ぎました。

「サイロンって？」

「流動星のひとつだよ」

ハブカの問いにミカリは深刻な顔で答えました。

「二十年ほど前からその存在は確認されていたんだが、われわれの星とは無縁だと思っていた。しかし、流動星と呼ばれているとおり、あの星は移動に法則性がない。子供みたいに予測不可能な動きをする。一応、僕の計算ではこれから一年間ほど、われわれの頭上に居座りつづける」

「ふうん」とハブカはあまり興味がなさそうな生返事をしました。ミカリは、「笑いごとじゃないんだ」と深刻さを深めて云います。

「すでに、引力に乱れが生じている。このままだと――」

　ミカリがめずらしく悲しげな顔を見せたので、ハブカはそこで初めて事の重大さを知りました。

「このままだと、どうなる？」

「われわれの体が縮み始める。これまでの事例によると、年齢によって個人差があり、一斉に縮小が始まるわけじゃない。最初は気づかない程度の縮小だけど、数日後には八十パーセントくらいに縮み、一週間後にはわずか三パーセントにまで縮小される。そして――」

「そして？」

「消滅する」

　ハブカは言葉を失いましたが、ミカリは、

「僕らには大事な仕事がある」

　と悲しげな顔を自ら追い払いました。

「縮小が始まった人を訪問し、消えてしまう前に形に残そう」

「どういうこと?」

「縮小が始まった人は四日目くらいから眠りに入る。いったん眠り始めたらもう目覚めない。だから、眠りに入る前に最後の晩餐を準備し、眠りに入ったら、君が肖像彫刻にとどめる」

「でも——」

「君の云いたいことはわかってる。われわれの星はすでに多くの人たちを失った。残っているのは、今日現在でわずか二百三十人だけだ。僕の計算では、あの星が一年間居座りつづけたら、間違いなく僕らは全員いなくなる」

「じゃあ、なぜ彫刻にとどめる?」ハブカは少し声が大きくなっていたかもしれません。「みんないなくなってしまったら、面影を偲ぶ人もいなくなる。残しても意味がないじゃないか」

「宇宙に生きているのは、われわれだけじゃないよ。われわれには計り知れない宇宙の彼方に、われわれによく似た生命と文明が芽生えるかもしれない。いや、すでにもう存在している可能性だってある。もし、彼らがこの星を発見したら、彼らは、われわれが見たこともないようなマシーンとシステムを駆使して、この星を隅々まで調査するだろう。そのとき、彼らは君が彫った精巧な肖像彫刻を発見する。それが、僕らがここにいた、せめてもの証しになる。はたして、二百三十人のうち何人まで残すことができるかわからないが――」

「そうか」とハブカはそこでようやく自覚しました。「僕が消えてしまったら、そのあとの人たちは形を残せなくなるのか」

いったい、何人、残せるだろう？

胸のうちにつぶやいた自分の声にハブカは鼓舞されました。

「縮小が始まった人を見つけるにはドクターとの連携が必要になる」

ミカリは白い大きな星を仰ぎ見て目を細めました。

「コーヒーでも飲みながら急いで策を練ろう」

＊

「やはり、神様というのはいるんだね」

ハブカは笑いたいような泣きたいような思いでした。

「ああ」とミカリは深々と息を吸い、「われわれ二人が残るなんて」と、ゆるゆると息を吐き出しました。

ミカリの計算どおり、白い星は一年間居座りつづけ、この星の住民たちは皆ことごとく縮小し、最後にいちばん食べたいものを口にして眠りにつくと、数日後にきれいさっぱり消滅しました。

ハブカは、なるべくすみやかに、しかし、その人のすべてを保存する思いで姿かたちを写しとりました。色や質感はもちろん、肌のつやの具合や髪の毛の一本一本まで精査し、白い髪は白く、黒い髪は黒く、きわめて正確に再現しました。

皆、美味しいものを食べたあとなので、大変、幸福そうな笑みを浮かべて眠っていました。生涯でいちばんと云っていいくらい穏やかな表情で、誰ひとりとして苦しそうな顔や悲しげな顔ではありません。

むしろ、最後に残されたハブカとミカリの方が悲嘆に充ちていました。

「もし」とハブカは云います。「もし、本当に神様がいるのなら、次は、君ということになる」

「僕のことはいいんだ」ミカリは首を振りました。「僕の形など残らなくてもいい。それよりも君の――」

「いや、肖像彫刻師は自分の姿を彫ることができない」

「そうなのか――」

「もし、僕の縮小が先に始まってしまったら、君を残すことができなくなる。だから、いまのうちに君を彫っておきたい。目を閉じてそこに横になってくれ。あるいは、座ったままでもいいけど――」

完成した彫刻――二百二十八体の眠りの様子はさまざまでした。老若男女、思い思いの格好で眠っています。

ハブカは愛用の自転車に乗り、ミカリの報告にしたがって縮小の始まった人の家を訪ねてまわりました。

白い大きな星との関わりや、縮小の先に消滅が訪れることなどは説明しませんでしたが、皆、事情はよくわかっているようでした。誰もあわてず騒がず、楽しそうに最後の食事をし、その食事も十人十色でした。

グラタン、オムレツ、トマト・シチュー、チャーハン、サーロイン・ステーキ、コーンフレーク――。

「黒パンにマーマレードを塗ったのがいいな」とスザマは云いました。

「マルゲリータ・ピザ。あれ以上のものはないね」とイエンジは云いました。

「ドライカレーを所望したい。うんと辛いやつだ」とモディラは云いました。

彼らは食後にコーヒーや甘い酒を飲み、子供のころの話をしているうちに、ぷつりと糸が切れるように眠りにつきました。ハブカは眠りを確認すると、すぐに仕事を始め、ほとんど食事もとらずに彫りつづけて、完成するころには、モデルとなった彼や彼女はあらかた消滅して形を失いました。

代わりに、ハブカが彫り上げた彫刻が彼らの部屋に残されます。

最後の仕上げに、ハブカは彫刻の右足の裏に彼や彼女の名前を彫り込みました。

イズノ、サイロ、スタンバード、モリアルノ、イマジバー、キャロン――。

彼らは皆、そうした名前を持っていたのだということを、姿かたちと共に残したのです。

「そうだ、いいことを思いついた」

ミカリが指を鳴らしました。

「彫刻の技術は君だけのもので、僕にはとうてい真似できない。そのうえ、君が君自身を彫ることができないとなると、そんな残念なことはない。君こそ、未来に語り継がれるべきなのだ。でも、いいことを思いついた。いや、いつもどおり、そのまま再現してくれればいいんだが――」

そう云ってミカリは自らの左足を投げ出し、おもむろにマジック・ペンを取り出しました。

＊

「間違いないね」

ヒラソ隊員が報告書に書き込みながら肩をすくめました。

「ここもまた白い星にやられてしまったようだ」

「残念だな」とイブ隊員が首を振って舌打ちしました。「この星は、かなり文明が発達していたようなのに——」

「調査のしがいがあるね」

「本当に残らず消滅してしまったんだろうか？　誰か一人でも——」

「いや、正確なところはわからないが、おそらく白い星がここに居座っていたのは、三百年以上前のことだ——」

「そうか。そんなに経っているのか」

「いまにも、誰かあらわれそうだが」

二人の調査隊員がそんな会話を交わしながら、とあるアパートの一室に足を踏み入れると——、

「おい、誰かいるぞ」

「いや、そうじゃない。それはルビコン樹脂でつくられた〈眠り彫刻〉だ」

「すごい技術だな。まるで生きているようじゃないか」

「じつに安らかな顔で眠っているよ。きっと平穏な暮らしを営んでいたんだろう」

「これは一級の資料になる」

「彫刻師のただならぬ執念を感じるね。たしか、前にも他の星でこんなことがあったよな？」

「ああ。あのとき、われわれが知ったのは、これだけの仕事をしていながら、肖像彫刻師はその存在を残せない、ということだ」

「名前すらね――」

「うん？」とイブ隊員が何かに気づきました。右足の裏に彫り込まれた名前です。

「なるほど、こんなところに名前を彫るなんて、気の利いた彫刻師だ」

二人はそのアパートのいくつかの部屋に〈眠り彫刻〉を見つけ、そのたびに右足の裏にトランス・レーザーを当てては、どんな響きを持った名前なのか聞きとりました。

イズノ、サイロ、スタンバード、モリアルノ、イマジバー、キャロン――。

「おい、この彫刻は他のものよりひとまわり大きいぞ。まるで、縮小が始まっていない完全体みたいだ」

右の足の裏にレーザーを当てると、

「ミカリ」

翻訳された文字が音になってよみがえりました。

「ミカリか――いい名前だ」

「おい、待て。よく見ろ。この彫刻には左足にも名前が彫られているぞ――なんだか、マジック・ペンで書いたような文字だが」

二人が首をかしげながらレーザーを当てると、

「ハブカ」

ミカリの思惑どおり、三百年の時を経て、その名が再生されました。

隣のごちそう

長らく空いていたアパートの隣の部屋に誰かが引っ越してきたのを、マキは大家さんから聞いていていました。

しかし、何の物音もしないのです。

「大学の食堂で働いているそうよ」

大家さんの情報は唯一それだけで、

「だから、朝早くに出かけて行くんじゃないかしら」

そこのところは大家さんの憶測でした。

マキはひと月ほど前に化粧品売場の売子の仕事をやめ、かねてより憧れていた「自由の身」を味わっていたのです。

「ねぇ聞いて、私いま、自由の身なの。仕事もしてないし、彼氏もいないし、好きな時間に起きて好きなところへ出かけて、何にも縛られてないの」

友人たちにはそう云ったものの、本当を云えば、「次の仕事を探す」という大事な宿題を抱えていました。

しかし、そう簡単に見つかるものではなく、早く探さなくてはと思いながらも、ただ漫然と一日を送ってしまうのでした。今日は昨日の繰り返しで、明日は今日の繰り返しです。

「なんとかなる」がマキの口ぐせでした。それに、お金は少しばかり蓄えがあります。おそらく、そのこともマキが仕事探しに積極的になれない理由のひとつでした。

アパートの家賃はその界隈でとびきりの格安で、壁は薄いし窓もガタついているのですが、大家さんの管理と掃除が行き届いているので、相当に古びた建物であるにもかかわらず、気持ちよくこざっぱりしているのが気に入っていました。

ただし、駅からはかなり遠く、少し汗ばむくらいの急ぎ足で歩いて、ゆうに十五分はかかります。これが災いして、隣の空き部屋は、なかなかあたらしい居住者を迎えられませんでした――。

大学の食堂で働いているというけれど、どんな人だろう？　男か女か、若い人かそれとも、けっこう歳をとっている？

いずれも考えられました。大家さんに訊けばいいのでしょうが、なんとなく隣人をあれこれ詮索するのは行儀が悪いのではないかとマキは躊躇《ちゅうちょ》したのです。

マキはおおよそ朝の十時ごろに目を覚まします。その時間に布団の中で耳を澄ましても、隣の部屋からは何も聞こえてきません。

マキの部屋は二階の端にあり、もし、何かしら声や音が聞こえてくれば、それは隣人によるものと考えてまず間違いありません。

「朝は早い」と――それが憶測であるとしても――大家さんがそう云っていたのだから、もう仕事へ出かけてしまったのだろう。

マキは天井のしみを眺めながらぼんやりと過ごしました。

働いているときは、こうした自由な生活を夢見ていたのに、いざ、そうした身の上になってみると、

「今日は何をしよう」

という自分のつぶやきを、それ以上、展開できませんでした。

「お腹すいたなぁ」

切実なため息は空腹に関わることばかりです。

とはいえ、マキは食事に対してまったく無頓着で、何が食べたいとか、何を食べようといった食に対する積極性が欠如していました。

空腹ではあるけれど、食べるものは何でもかまわない。カップ麺があれば、それで充分だし、コンビニで適当に買ってきた菓子パンやおにぎりを何の考えもなしに食べていました。

＊

異変が起きたのはある夜のことです。

午後八時くらいのことだったでしょうか。マキは昼の時間に外へ出かけ、公園の池のまわりを何周もしたり、図書館で本の背表紙を眺めたりして部屋に帰ってくると、ちょうど八時くらいに猛烈な睡魔に襲われて死んだように眠ってしまうのです。この一週間ほど、それが習慣になっていました。

しかし、その日は天気が悪かったので公園にも図書館にも出かけることはなく、一日中、家でぼんやりと過ごしていました。

ふと気づくと夜の八時になっていて、時計を見て時刻を確かめたのは隣の部屋からあきらかに人の気配が感じられ、台所の流しの水の音が聞こえてきたからです。

マキは布団の中で息をひそめました。

あくまで想像ですが、隣の人は少し前に帰ってきて、服を着替えるとすぐに台所に立ち、自分が食べる食事の準備をしている——。

やかんを火にかける音や、陶器と陶器の触れ合う音、ナイフやフォークがたてるかすかな金属音、さらには、ガラスボウルの中で何かをかき混ぜる軽快な音が聞こえてきました。

料理をしている——とマキは確信しました。

マキ自身はこの部屋で料理らしい料理をしたことはありませんが、実家に住んでいたころ、母親が台所で料理をしている音を聞くともなく聞いていたのがよみがえってきました。

マキはまな板を持っていません。包丁もパン切りナイフで済ませ、かろうじて食器はひと揃いありましたが、鍋やフライパンの類は持ってはいても棚の奥にしまい込んだきりでした。

「料理か」

マキは布団から起き上がりました。

どうしたことでしょう。いくら壁が薄いとはいえ、壁越しに聞こえてくるのはいかにも不明瞭な音で、にもかかわらず、その音は何か心地のよい音楽のようにリズミカルに響きました。そのリズムにマキの体が動いたのです。

そういえば、マキの友人――軽食堂のシェフをしているNさんが云っていました。

「料理はリズムが命なんだよ」

どうしたことか、その快いリズムに刺激され、マキは眠気に誘われることなく、むしろ覚醒して、なおも耳を澄ましました。

フライパンがコンロの上に置かれた音がします。次に――そんな音は聞こえないのですが――フライパンに油が引かれたのがわかりました。

そしてついに、じゅっ、と決定的な音が聞こえ、それは壁越しに響いただけではなく、窓の方からも聞こえてきました。

マキは息を殺し、にじり寄るようにして窓辺まで行き、できる限り耳に意識を集めました。

すると、たてつけの悪い窓のほんの数ミリほどの隙間から、甘い香りをともなった何かが焼ける匂いがマキの鼻孔まで届きました。おそらく、隣人の窓も事情は同じで、隣の隙間から漏れ出た匂いが、こちらの隙間に入り込んでマキの鼻まで届いているのです。

マキは音と匂いから、それが卵焼きの焼ける匂いであると察知しました。と同時に、自分はいったい卵焼きというものをいつ以来食べていないかと振り返り、急に居ても立ってても居られないおかしな衝動に駆られたのでした。

「卵焼きをつくりたい」

小さな声ではありましたが、マキは心からそう思いました。この期におよんでも「食べたい」ではなく、「つくりたい」とつぶやいたのがマキらしいところです。

しかし、マキには満足な道具も材料もないのでした。

彼女はその夜、コンビニの袋の底にのこっていたメロンパンを味気ない思いで食し、もどかしい夜を明かすと、世の中が動き出すのを待って街へ繰り出しました。

まずは足りない調理道具を買い込み、書店でさまざまな料理のつくり方が載ったレシピ集を何冊かもとめ、最後にスーパーマーケットに寄って、卵焼きに必要な材料を揃えました。匂いの印象からしておそらく甘い卵焼きに違いありませんでしたので、上等な砂糖と醤油を買うことも忘れませんでした。

マキは、今日がこれまでの人生でいちばん時間が流れるのが速いと感じました。これまでそんなことを考えたこともなかったのですが、人は夢中になると時間が足りなくなるということを身をもって知ったのです。

部屋に戻ると、レシピを暗誦できるまでじっくり読み、それから手順にしたがって、つくり始めました。

ボウルにといた卵をフライパンに流し入れると、じゅっ、という音がして、昨日とそっくり同じ匂いがたちのぼりました。

その嬉しさを何にたとえたらいいでしょう。

自分のような漫然と日々を送っていた者が、たったこれだけの道具と材料を揃えるだけで、あの美味しい卵焼きをつくれる――。

実際、驚くほど簡単につくれました。

敷きっぱなしだった布団をたたみ、ひさしぶりにちゃぶ台を出してくると、マキはその上に白い皿に盛った卵焼きをのせて右から左から眺めました。自分が焼いたなんて信じられません。

しかも、本当に美味しかったのです。

それはそれは、ごちそうでした。

＊

それからは、毎晩、隣の部屋から聞こえてくる音と匂いに刺激を受け、「あ、これは生姜焼きだな」「うん、今日は鯖の味噌煮に違いない」「今夜はコロッケか」という具合に隣人が何をつくっているか推理し、それをもとに翌日、買い出しに出かけては、同じものを、ひとつまたひとつと、つくりつづけました。

隣人は月曜日から土曜日まで判で押したように朝早くに出かけて夜の七時半に帰ってきました。日曜日は休日のようでしたが、やはり朝早くに出かけて夜まで帰りません。料理をする音と匂いは身近なものになりましたが、隣人はくしゃみひとつしない物静かな人でしたので、相変わらず、マキはその人がどんな人物であるかわからないままでした。

十日間、マキは隣人の晩御飯を推理し、翌日、自分でつくって食べました。

ところが、十一日目に隣人はいつもよりずっと遅い時間に帰宅し、おそらく外で食事を済ませてきたのでしょう、その夜は料理をしませんでした。

「さて――」

マキは腕を組んで考えました。

「明日は何をつくったらいいんだろう？」

マキはレシピ集のページをめくり、ああでもないこうでもないと考えあぐねるうち、窓の外が白々としてきました。

その結果、その日は昼過ぎに起き出し、それからスーパーに出かけたので、いつもよりずいぶんと時間がずれ込んでしまいました。何を食べるかなかなか決まらず、ようやく、自分は「カレーが食べたい」と気づきました。「つくりたい」ではなく「食べたい」と、初めてそう思ったのです。

時間がずれてしまったうえに、思いのほか玉ねぎを炒めるのに時間がかかり、完成したのは夜の八時近くでした。部屋にはカレーの匂いがたちこめ、こもった匂いを逃すために窓をあけると、そのついでに隣の食事も探ってみました。

しかし、カレーの匂いがまさり、なんら手がかりが摑めません。いずれにしても、カレーを山ほどつくってしまったので、隣人がどうあれ、明日もカレーで決まりでした。なにより、自分でつくったとは思えないほど美味しくできたのです。

そんなわけで、翌日は買い物に出る必要もなく、昼を過ぎたころに昨日のカレーを食べてぼんやりと過ごすうち、いつのまにか夜の八時になっていました。

隣から音が聞こえてきます――。

隣人はいつものようにリズミカルに料理を始め、その途中、ふいに、大きなくしゃみをしました。本当のところはわかりませんが、マキにはそれが若い男のひとのくしゃみであるように聞こえたのです。

「ふうん、そうなんだ」

ほどなくして、窓の隙間から隣の料理の匂いが入り込んできました。

「ん?」とマキは窓辺に近づき、窓を少しあけて、鼻をひくつかせました。

間違いありません――。

カレーでした。

ジョーカーのサンドイッチ

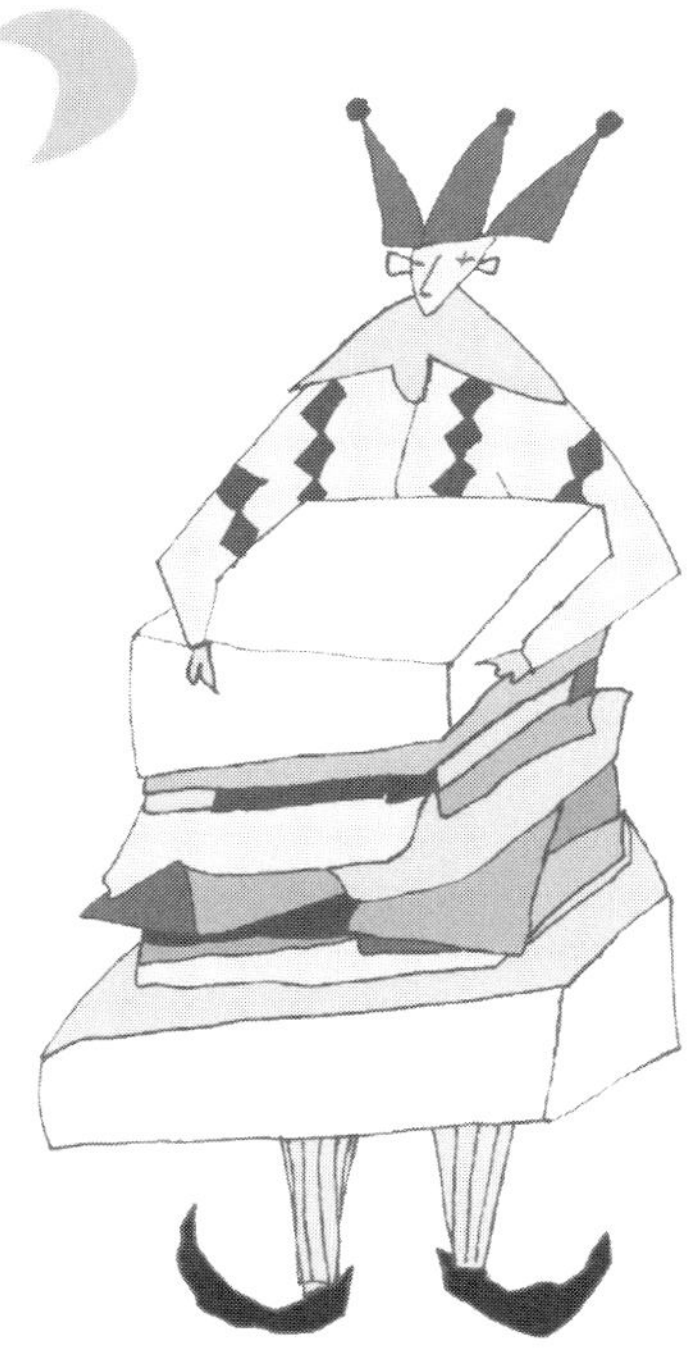

彼はトランプのカードから抜け出して、いまここにいるのでした。

どうしてそういうことになったのか彼自身にもわからないのですが、カードの中で日々を送りながら、トランプ・ゲームに興じる男たちが片手間に食べていたサンドイッチがじつに懐かしくも美味しそうだと感じたのです。

いや、より正確に云うと、彼らの食べているサンドイッチを自分なりにアレンジしたら、さらに美味しいものになるのではないかと夢想していました。

おそらく、その夢が叶えられたのでしょう。

ちょうど、男たちはストリップを観に出かけたばかりでした。ここから二キロほど離れたにぎやかなところに虹色のネオンが輝く歓楽街があるのです。

男たちは長引く不況で仕事にあぶれ、次の仕事にありつくまで、暇を持て余していました。ビリヤードをし、ダーツをし、釣りをし、ある男はこの機会にボディ・ビルディングを試み、またある男はトランペットを吹いてみたりしたのですが、どれも長つづきしません。

「結局、ホントに愉しめるのは、トランプとストリップ見物だけだな」

ほんの一時間ほど前まで、男たちはトランプの〈ラスト・ジョーカー〉で遊んでいました。同じ数字のカードを二枚ずつ揃えてゆき、最後に一枚のこったジョーカーを持っている者が負けとなる、この上なくシンプルなゲームです。

負けた男が「ちっ」と舌打ちをしてジョーカーをテーブルに投げ出し、

「よし、そろそろ時間だ」

飲み残しのビールをあおり、男たちは溜まり場であるこのカフェから出て行きました。しばらくは帰ってこないでしょう。

きっと神様はこうした状況を鑑みて、テーブルに投げ出されたジョーカーのカードから、「ジョーカー」と呼ばれるその男をカードの外に解放したのです。

ジョーカーは男たちがいなくなったテーブルにつき、彼らが食べ残していったサンドイッチをむさぼるように頬ばりました。

彼はそのままの姿でカードから抜け出してきたので、トランプの絵柄どおりの身なりです。奇妙な帽子をかぶり、黒ダイヤの模様が入ったシャツを着て、スリムな縞のズボンにつま先が反り返った赤いバレエ・シューズのような靴をはいていました。

無論のこと、彼の元いたカードはＪＯＫＥＲの文字があるばかりの白いカードになっています。

「ふむ」と彼はうなずきました。「そういうことか」

(俺があんまりサンドイッチを食べたがったものだから、神様がチャンスを与えてくださったのだな)

彼はカードの中にいたときから、自分の記憶をしきりに探っていましたが、サンドイッチを口にするなり、すぐに思い出されることがありました。

(俺は、このサンドイッチという食べものを、ずっと昔によく食べていた)

どんな生活を送って、どんな仕事をしていたのかは思い出せなかったのですが、サンドイッチが何よりの好物で、自分でつくって夜食か何かに食べていた——と、そこだけスポットライトが当てられたように記憶がよみがえりました。

（美味しくつくるコツがあるんだ）

ひとことで云えば、「大胆にして繊細に」です。

たとえば、肉や卵は大胆にざっくりと切ってパンにのせます。

一方、きゅうりや玉ねぎや林檎は繊細に細く切ってのせてゆきます。

これに加えて、バターやクリーム、マスタードや蜂蜜といったものを適量加え、最後の塩と胡椒の振り方で味が完成します。その微妙なさじ加減も、彼は入念な研究の結果、これぞという分量を割り出していました。

彼はそうして少しずつ思い出しました——。

（そうだ、俺は昔、サンドイッチ屋だったのだ）（自慢のサンドイッチを何種類もメニューにのせ、行列ができるくらいの人気店だった）

いいえ、それは本当のことではありません。

彼が大変に美味しいサンドイッチをつくれることは事実なのですが、サンドイッチ屋であった、というのは彼の夢想です。

二年前――不況が始まって男たちが工場の仕事を失ったとき、彼もまたその一人で、さてどうしようか、と途方に暮れながらこのカフェにたどり着きました。

夜です。彼が窓辺の席に座ってコーヒーを注文すると、注文をとりにきたカフェの女の子――彼女の名前はシルヴィアというのですが――が彼に優しく微笑みかけました。窓の外には空高く小さな月が見えています。

彼はシルヴィアにひとめぼれをしてしまい、彼は独り身だったのですが、これまでにこれほど強い思いを抱いたことはありませんでした。

（そうか、そういうことか）

彼は運命を感じました。

（俺は店をひらくのだ）

隅の方の席でみすぼらしいなりをした老人がサンドイッチを食べていました。

（じいさん、そのサンドイッチはうまいのかい？　俺にはそう見えないけどね。一度、俺のサンドイッチを食べてほしいよ）

自信はありました。工場の食堂で定食を食べるより、自分でつくっていったサンドイッチの方がよほど美味しかったのです。現に彼が包みをひらいて食べ始めると、仲間の男が横から手を出してひと口つまみ、

「おい、これは売りものになるぞ。素晴らしいサンドイッチじゃないか」

真顔でそう云ったのです。

「お前はサンドイッチ屋になるべきだよ。きっと繁盛する」

そうか、そんな人生もあるのか、とそのとき彼はぼんやり思いました。そのときの思いが一挙によみがえってきたのです――。

「お待たせしました」

シルヴィアが彼のテーブルにコーヒーを持ってきて、笑みを浮かべながらそっと置きました。これは彼の錯覚ではありません。シルヴィアは彼に限らず店のお客たちの誰にでもそうして微笑みかけるのです。

彼は香ばしいコーヒーをひと口飲んで心に決めました。(店をひらいたら彼女に手伝ってもらおう。行く行くは一緒に暮らすことだって考えられる)

彼は「ニヤリ」と音が聞こえるくらい口を三日月形にして笑みを浮かべ、店の奥のテーブルでトランプ・ゲームに興じている男たちに目をとめました。

そのときはまだ不況が始まったばかりだったので、男たちはかなりの大金を賭けてゲームをしていたのです。（なるほど）と彼は自分の運命を信じました。（俺は賭けに勝って、店をひらく資金を手に入れるのだ――）

「俺も仲間に入れてくれ」

彼は男たちのテーブルに加わり、最初は調子よく勝っていたのですが、最終的には大敗してしまいました。

「すまない。俺は金がないのだ」

ジョーカーのカードを握りしめた彼は男たちに詰め寄られ、するりと身をひるがえすと、テーブルの上に散らばっていた札をひったくって走り出しました。

――いえ、走り出そうとしたのですが、その途端に消えてしまったのです。

「あ?」「どうした?」男たちは困惑しました。「消えたぞ」「まさか」「そんなわけが」「しかし、姿がない」「ふうむ」「どうやら、ビールを飲みすぎたらしいな」

しかし、消えたのではなかったのです。身勝手なふるまいの罰として、彼はトランプのカードの中に閉じ込められてしまったのでした。

＊

（あんな人いたかしら――）

シルヴィアが彼に気づきました。

（残りもののサンドイッチを食べてる）（それにしても、おかしな格好）（ああ、わかった。大道芸人ね）（お腹がすいているんだわ）（きっと、お金のない可哀想な人に違いない）

「あの」とシルヴィアに声をかけられ、彼はさらに記憶を刺激されました。

（俺はこの女を知っている）（もしかして、俺の妻か？）（いや、きっとそうだ）

「あのさ」と彼は云いました。「もっと、美味しいサンドイッチをつくらなきゃ駄目だよ。こんなことでは店がつぶれてしまう」

（それは本当にそう）とシルヴィアは心の中で同意しました。サンドイッチの味もそうですが、店主も調理人も、皆、この時間になるとストリップを観に行ってしまい、そのあいだはシルヴィア一人で賄わなければならないのです。

「厨房を借りていいかな」

彼はシルヴィアの返事を待たずに店の厨房にはいってゆくと、シャツの袖をまくり上げて、さっそくサンドイッチをつくり始めました。彼はカードの中にいたときから考えがあったのです。この店のサンドイッチをどう改良すれば美味しくなるか、具材やスパイスの量をどのくらいに配分すればいいか、すでに頭の中には完璧なレシピができあがっていました。

「すごい」とシルヴィアは彼の手際よさに感嘆しました。

大胆にして繊細。いかにも無骨な男の手がつくったサンドイッチでしたが、ナイフで切り分けられた美しい断面は、美術館に飾られた絵画のように見とれてしまうものでした。

シルヴィアは我慢ができずに勢い込んでサンドイッチにかじりつくと、

「美味しい」

「そうだろう」

ジョーカーは（こういうことだったのだ）と大いに満足しました。（いますぐ、というわけにはいかないが、いずれ俺は店をひらいて、彼女と幸せに暮らすのだ）

＊

男たちがストリップを観終えて帰ってきました。

「よし、ゲームのつづきだ。今度こそ勝ってやる」

先のゲームに負けた男がテーブルの上に散らばったカードをひとまとめにし、シルヴィアにビールを注文してカードをシャッフルしました。

「あ？」

男はカードを切りながらふと気づきました。

「このジョーカー、こんなに笑っていたっけ？」

青いインク

インクをつくる仕事というものがあって、それも、青いインクだけを何年も何十年もつくってきた小さな工場がその町にはあるのでした。

この町は電車やバスの駅もなく、役所や銀行や郵便局すらもない非常に小ぢんまりとした町です。

町のまわりには、大きなビルが並んでいたり、立派な病院や、きちんと整備された公園や、バイキングが名物の驚くほど大きなレストランなどがあって、小さな町は、そんな大きな町に包囲されるようにしてあるのでした。

この小さな町の一番はずれに住んでいる或る御婦人は、アキレスという名前の外国の車を購入して、自分の家の前に停めていました。

しかしです。いつのまにか大きな町がさらなる発展を遂げて小さな町を侵食し、この御婦人の家のまわりにあった路地が、役所や私鉄電車の車庫がつくられたことによって消滅してしまったのです。

それで、アキレスは進むべき道を失い、どこにも走り出せなくなりました。

この小さな町の細い路地の突き当たりには、そういうわけで、身動きのできなくなった宇宙の色をした外国の車がひっそりと停められているのです。

このように小さな町であるわけですから、インクをつくる工場もまた細い路地の奥にありました。

驚いてはいけません。工場とはいっても大変に小さいのです。以前はもう少し大きな工場に何人かの男たちが働いていたのですが、いまは山崎という青年が先代の技術を引きついで、ただひとりでつくっているのでした。

いいえ、より正しく云えば、工場があまりに小さいので、山崎ひとりしか働くことができないのです。

でも、いいのです。この工場では青いインクをつくるだけで、それもただひとつ、コバルト・ブルーと呼ばれる、とっておきの青い色を、山崎は毎日毎日つくりつづけていました。

つくられたインクはおかしな形をした壜に詰められて、大きな町の大変に歴史のある文具店の店先に並びます――。

大事なことを云い忘れていました。山崎のつくるインクは万年筆のインクであり、したがって、文具店の万年筆売場に並べられます。

この大きな文具店の万年筆売場に戸島という若い女性が勤めていて、彼女は世界中から集められた様々なインクを取り扱い、店先で購入を検討するお客様に、どのインクがいいか、お勧めするのが仕事でした。

ですから、彼女は世界中のあらゆるインクを熟知していましたし、仕事をはなれて家に帰ってからも、夜の静かな時間に日記帳をひらいて愛用の細身の万年筆を使うのです。そして、このとき、これこそ夜の帳面に走らせるのにふさわしいと思われる、一等なめらかで、他のどれよりも深みのある色あいをもたらすインクを使うのですが、その「一等」のインクが山崎のつくった青いインクなのでした。

戸島は思うのです。

どれほど高級な舶来物のぴかぴかした万年筆であっても、インクが凡庸なものであったら台無しです。

逆に云えば――これは決して売場で話してはならないことですが――仮に万年筆が最高級でなくても、インクが上等であれば、多くのひとが――男も女も、老いたひとも若いひとも――誰もが満足できる「本当の字」が書けるのです。

戸島はまた思います。

「本当の字」というものを、ひとは書くべきだし、「本当の字」というのは、つまり、そのひとの、そのひとそのものが表れるものです。

ですから、できれば多くのひとたちに「本当の字」というものを知っていただき、自分というものを――自分そのものをです――万年筆のペン先から外に解放してほしい、と願うのでした。

戸島は考えました。

山崎のつくったインクを使うたび、このインクをつくっているひとは「本当の字」

を知っているひとではないか、と。

そして、そのひともまた多くのひとたちに「本当の字」を書いてほしくて、このようなインクをつくりつづけているのだ——戸島はそう信じました。

＊

五月のある晴れた午後のことです。雲はありませんが、空の一番高いところに半透明の白い昼の月が出ています。

戸島はその日、仕事が休みで、かねてより計画していたことを実行に移そうと決めていました。それは、山崎のインク工場を見学し、どのようなひとが、どのようにして、あのインクをつくっているのか、この目で見ておこう、と思ったのです。

工場の住所はわかっていました。

山崎のつくるインクはボール紙でつくられたココア色の箱におさめられていて、その箱に、誰にも読めないくらい小さな字を使って、工場の所番地が印刷されているのです。戸島は箱の隅に虫眼鏡をあてがい、住所を確認すると、父親がよく使っていた大判の地図をひろげて、白く細い指先を地図の表面にすべらせました。

小一時間ほどもそうしていたでしょうか。

ようやく、工場のある小さな町を見つけ出しました。あまりに小さいので、地図の中のどこにあるのか、なかなか見つけ出せなかったのです。

さて、ちょうどそのころです――。

山崎は工場の二階にある小部屋で体を休ませていました。

ここのところ、山崎は気力というものを失くしていたのでした。

自分は、このように小さな町の小さな工場で、小さなインク壜に、毎日毎日、インクを詰めて過ごしている。さして希望も持たずに人生を前へ進め、これが、明日もあさっても、この先ずっとつづき、たったひとりで暮らしながら、旅に出ることもない。きれいなシャツを着て、映画館や遊園地や美術館へ出かけることもなく、ただ、青いインクをつくりつづけてカレンダーをめくっている――。

それに、世の中のひとたちが自分のつくったインクをどのような思いで使っているのか、さっぱりわからない。

ああ、このインクの青色は品があっていいね、とか、控えめで押しつけがましさがなくて、でも忘れがたい色だね――とか、自分の理想であるそのようなブルーを認めてくださっているのか――。

そうしたところが、皆目、わからないのです。

山崎は小部屋に寝ころんで林檎をかじりました。

林檎は故郷から毎月送られてくるのです。

段ボール箱の中には、林檎と一緒に山崎の母親の手紙が入っていました。

「都会に染まってはなりませんよ。いつでも心は故郷の林檎畑と共にありなさい」

便箋にはいつもそう書いてありました。

しかし、その母親の字はあきらかにボールペンで書いたもので、山崎は少し前に、母親へ自分のつくったインクと安物ではありましたがハロルド社の万年筆を贈ったのです。

しかし、便箋の字はボールペンでした。

こうした、ひどくがっかりしてしまうようなことの連続に、山崎はただ林檎ばかりが積まれた小部屋でぐったりしているのです。

山崎は自分の指を見ました。

一年、三百六十五日、いつでもインクづくりをしている山崎の指先はあざやかな青に染まっています。いくら洗っても、どれほど強力な洗剤を使っても、しみついた青は抜けません。これはもう一生ものでしょう。

艶のある赤い林檎が積まれた小部屋で、ただ山崎の指先だけが、どうしようもなく青いのでした。

＊

そうした事情などいっさい知るよしもなく、戸島は父親の形見である大きな地図を片手に小さな町に足を踏み入れました。

これは、戸島の人生において初めてのことです。知らない町へたったひとりで潜り込んでゆくこと自体、経験のないことでした。

戸島はおとなしい女の子として育ち、おとなしい少女時代、おとなしい思春期を経て、いまは、おとなしい万年筆売場の店員なのです。

しかし、それだけつづいたおとなしい時間の中で、戸島は他のひとより、ずっと沢山のことを考えてきました。

そうした考えを自分の外に出すことが「書く」ことであり、書くための道具が戸島にとっては万年筆でした。そして、その万年筆が「本当の字」を書けるように導くのがインクなのだと、考えが行き着いたのです。

しかもです——。

小さな町の山崎がつくる青いインクだけが、世界でただひとつ「本当の字」を実現するインクであると戸島は結論しました。

しかし、これまでおとなしい人生を送ってきて、あまり外に出たこともなかった彼女は、この小さな町のあまりに密集した路地に戸惑いました。

これは「迷宮」と云うものではないか、と思ったのです。

ひとたび迷ったら、生涯、迷いつづけてぬけ出せなくなる――あの古くから云い伝えられてきた、ひとを惑わす迷路――。

こういうときのために、戸島は肩からさげていた携帯式魔法瓶の中に、自分でいれたコーヒーを詰めていました。

いいえ、こういうときのためだけではなく、ちょっとした考えがあったのです――。無事に工場にたどり着いたら、きっと工場は広くて沢山の人たちが働いているだろうから、その中から青いインクを担当しているひとを見つけ出し、そのひとに、まずは自分が日ごろ感じていたことを伝えよう。

そして、そのついでに、自分のいれてきたこのコーヒーを飲んでいただく。ささやかではあるけれど、ほんの少しのあいだ、くつろいでもらい、そしてまた、あの素晴らしい青いインクづくりに勤しんでいただく――そう考えていたのでした。

その分のコーヒーは大事にとっておくとして、いま、戸島はこの困難な迷路をくぐり抜けるために、とにかく自分を落ち着けようと魔法瓶から一杯だけコーヒーを飲みました。

ミヤンザワ・キートン

ミヤンザワ・キートンという六十二歳になる医師がいて、この人は顎関節の治療を専門とし、わかりやすく云うと、アゴがはずれてしまった患者を、なるべくすみやかに元どおりに治す熟練者にして専門医なのでした。

ミヤンザワ・キートンが院長をつとめる〈ミヤンザワ顎病院〉は大変な人気を誇り、連日、アゴをはずした老若男女が朝から夕方まで列を成しています。

この異様なまでの需要には秘密がありました。

まずは、アゴをはずしてしまう人が非常に増えたこと。これはもう驚くばかりの数字が〈サワンジリ統計学会〉から発表されており、五年前は一年に二千人ほどであったのが、現在はじつに三万人もの人たちが、日々、アゴをはずしているのでした。

理由はさまざまな説が挙げられていますが、最も有力なのは、この国に暮らす皆さんが、とてもおいしいものを、とてつもなく沢山、一時《いちどき》に食してしまうからでした。平たく申し上げれば、どう見積もっても、いっぺんでは口の中におさまるはずのない大量の五目炒飯やナポリタンやドライカレーといったものを、にやる気持ちをどうしても抑えられず、一挙に口の中に放り込もうとします。

その結果、この暴挙に対処すべく、通常の一・五倍から二倍にまで及ぶ大きさに口がひらかれ、その不当と云うしかない開口に、アゴの関節が耐えきれなくなって、はずれてしまうわけです。

無論のこと、はずれたものは元どおりにしなくてはなりません。そして、その道における最高の知識と技術を持ったドクターがミヤンザワ・キートン院長なのでした。

さらに申し上げれば、〈ミヤンザワ顎病院〉には他の医院にはない、ある特別な装置が用意されていました。これは〈顎関節矯正ベルト〉と呼ばれているもので、院長はこの名称の面倒な部分を大いに省略し、誰にでもわかるよう「ベルト」と簡潔に呼んでいます。

「わたしは若いころ、青春のすべてを捧げてこのベルトを発明したのである。それはひとえに、アゴがはずれて苦しんでいる人たちを、すみやかに救いたいという思いからなのであった」

院長は話をするときに、常に自分の自叙伝を書くようにして話すのが特徴でした。たとえば――、

「わたしは自分が六十二歳になったとき、わたしの医院から歩いて二分ほどの距離にある洋菓子店で昔ながらのエクレアを購入するのが習慣となっていた。あれはたしか六月二十六日の午後三時ごろのことであったが、わたしはその日も休憩の時間にエクレアを購入し、濃い目にいれたお茶と共に大変おいしくいただいたのであった」

と、そんなことをほとんど独り言のように、六月二十六日の午後三時ごろに申し述べ、「では」と医院を出て、歩いて二分の洋菓子店へ向かうのでした。

いいえ、待ってください、そんなことはどうでもいいのです。いまは、院長がおやつとして食したエクレアが、どれほど素晴らしいものであったかはさておき、院長が青春のすべてを懸けて発明した「ベルト」の偉大さをご理解いただきたいのです。

それはもう、大変に驚くべき威力を発揮する人智の結晶であり、おそろしいばかりにとてつもなく目ざましい効果をあげる最上の装置です。

一見、幅十センチ、長さ三メートルほどのゴム製のベルトが、ハンモックを吊るす要領で天井からぶらさがっているように見えます。実際、ただそれだけのことなのですが、患者はそのベルトにアゴをのせ、しかるのちに、ベルトは電気の力によって激しく振動を始めます。それ以上のことは何ひとつありません。ただ、それだけです。

しかし、この単純きわまりない装置がじつに絶大な効果を発揮し、わずか三十秒ほどで、見事、はずれたアゴは、元どおりの「はずれていないアゴ」に戻ります。

「なによりシンプルであることが肝要ではないかと、わたしはそう思ったのである」

院長は患者の皆さんひとりひとりにそう説明するのでした。なぜなら、医院を訪れてベルトを目にした人たちは、誰もがその単純きわまりない仕掛けに、あからさまな不審を示すからです。

「一見、ただのゴムベルトであるように見せかけ、その実、本当にただのゴムベルトであるという驚き。これこそ、わたしが皆さんに仕掛けた、いわゆるどんでん返しなのであった」

院長の説明は、もうひとつ何を云っているのかわかりませんでしたが、とにかくはずれたアゴがすぐに治るので、患者たちは、皆、大いに満足して、院長を褒めたたえるのでした。

＊

しかし、院長の人生は、来る日も来る日も、アゴをはずした皆さんのアゴを元に戻すことに終始し、旅行に行くことはおろか、ぶどう狩りに出かけたり、野外コンサートを観に行ったり、家電量販店にあたらしいジューサー・ミキサーを買いに行くことすら許されません。

「青春のみならず、中年期も老年期も含む人生のすべてを、わたしは顎関節の治療に捧げるのであった」

ある日の夕刻、治療を終えた診療室で院長は大きなため息をつき、これまでの日々と、のこされた人生の意味について思いをめぐらせていました。

「いや、やはりこれでいいのだ、とわたしは思ったのであった――」

そう結論したときです。急患でしょうか、医院の呼び鈴を猛烈に鳴らす者がいて、しかし診療時間は終わっていましたから、助手もナースもすでに帰宅をして誰もおりません。

「それでわたしは致し方なく医院の玄関まで出向き、その猛烈に呼び鈴を鳴らす者を自ら出迎えたのであった」

そう云いながら、院長が玄関のドアをあけてみると、そこに立っていたのは、アゴをはずして苦痛に顔をゆがめている院長自身でした。

これは一体、どういうことであるのか――。

混乱を来たしそうですから、整理をして簡潔に申し上げますと、院長はこのとき、もうひとりの自分を出迎えたのでした。思わぬ事態に、たいていのことには動じない院長もさすがに大変驚き、驚きながらも、ひとつ心当たりがあったのです。

じつを云うと、院長は医院を開いたばかりのまだ若いころ、自分の〈はんぶん〉を医院の外に送り出していました。来る日も来る日も、エクレアを買いに行く時間を除けば箱の中に閉じ込められたような毎日を送り、それがどうにも嫌になって、院長の〈はんぶん〉は独立した意志をもって箱の外へするりと脱け出したのです。

解放された〈はんぶん〉は、外の自由を謳歌し、言葉づかいも「自叙伝を書くような」堅苦しいものではなく、きわめて奔放な若々しい話しぶりです。

（やぁ）と――実際にはアゴがはずれているので明快な言葉は発せられないのですが――〈はんぶん〉は数十年ぶりの再会を喜んでいるような、いないような、複雑な表情を見せました。

「そのときわたしは、まずは治療からだ、と云ったのでした」

院長はそう云って、〈はんぶん〉を診療室に連れてゆき、いつもどおりベルトを使って〈はんぶん〉のアゴをただちに元に戻しました。

「ああ、よかった」と〈はんぶん〉は大きく伸びをし、「一時はどうなることかと思ったけど、君がこの病院をつづけていたので助かったよ」と明るい声で云いました。

「わたしは、何ひとつ変わらないのだった」

院長がそう云うと、

「そう？　こっちは、いろいろあってね」

〈はんぶん〉は意外にも一転して苦渋をあらわす顔を見せました。

「人生というのはじつに面倒なものだよ。僕はあれから本当にいろいろな仕事をして、たくさんの人と出会ったり別れたり――」

〈はんぶん〉はそこで目を閉じました。

「喧嘩もしたし、じつは、殺されかかったこともある。親友と云っていい男がいたんだけど、そいつと一緒に事業を始めて、すごくいい業績をあげた。びっくりするような大金が転がり込んできて、そこまでは良かったんだけど、そのお金を相棒が丸々持ち逃げした。絶望したよ。この世でいちばんつらいことは、信用していた人間に裏切られるということだ。これは、僕が外での経験で得たいちばんの真実だと思う」

〈はんぶん〉の目尻に涙がたまっていました。

「僕は人が信じられなくなって街から離れ、山あいの村で自給自足の生活を送ることにした。ところが、そんなところにまで魔の手は忍び寄ってきて、ある日、女が訪ねてきたんだ。すごく優しい人で、生命保険の人だった。僕にはそんなもの必要ないと云ったんだけど、結局、彼女のために僕はそれに加入した。そうしたら、ひと月も経たないうちに、彼女は若い男を連れてきて、力ずくで僕の家を乗っ取って、そのうえ食事に毒を盛り――」

〈はんぶん〉は苦笑いをしました。

「結局、僕が彼女を信じたのが、いけなかった――いや、もちろんそんなひどいことばかりじゃなく、楽しいこともあって、最近、行きつけの喫茶店に常連の仲間ができた。コーヒーにいちばん合うケーキは何だろうという話になり、それはやっぱりムーンケーキじゃないかということになって、それで、この――」

と〈はんぶん〉は両手に抱えていた紙袋の中からバスケットボール大の白く丸いものを取り出しました。

「このムーンケーキのホールを味見しようということになったんだけど、あまりにおいしそうなので、つい独り占めしたくなって、それで、ひと口で食べようとしたところ――」

「君はいま幸せなのか、とわたしはそのときそう云ったのである」と院長が〈はんぶん〉の話を断ち切るように云いました。

「わからない」と〈はんぶん〉は首を振り、「ただ、自分の欲望が野放しになっているようで、段々こわくなってきた――」

そう云って目を逸らしました。

すると、院長は何も云わずに天井から吊りさがったベルトを外し、

「ふたつに分かれた自分の体をベルトで結んで目を閉じると、次に目をひらいたときには元どおりのひとりのわたしになっていたのだった」

そう云って、院長はひとりの自分に戻ったのです。

両手で持っていたムーンケーキを机の上に置き、体に巻きついたベルトを天井に吊るしなおすと、院長はケーキを右から左からじっくり眺めました。

「わたしはそれを、正しい食べ方でゆっくり心ゆくまで味わうことにしたのである」

そう云って目を細め、戸棚の奥から、おやつを食べるときに使うナイフとフォークを取り出してきました。

カマンザの朝食

カマンザは男のような女のひとで、とても怖い思いをして、ひとりだけ生きのこったのです。

あれから十数年が経ち、いまは町はずれで帽子をつくって生計をたてています。

朝は六時に起き、やかんでお湯を沸かすと、白湯を一杯だけいただき、それで朝の食事は終わりです。

昼には〈よくできた食パン〉を一枚、赤いジャムを塗っていただきます。

〈よくできた食パン〉というのは、カマンザの家から歩いて十五分ほどのところにある〈いいパン屋〉という名前の店から買ってくるものです。

その店のパンはどれも〈よくできたロールパン〉であるとか〈よくできたバゲッ

ト〉などと値札に書いてあるのですが、〈うまくいかなかったクロワッサン〉という失敗したパンが販売されることもあり、これは〈よくできたパン〉の、じつに四分の一の値段で店に並ぶのです。

カマンザはいつでもお金がありませんでしたから、本当はこの失敗したパンを購入したいのです。

しかし、この世の中には同じようなことを考える者が最低でも二人はいて、この場合においても、二人の女がカマンザと同じ考えを持っていました。

すなわち、失敗したパンを店に並べる時間に、どこからともなく風のようにあらわれ、ガラスケースの中にひとつふたつと並べられるのを意地の悪い鷹のような目を光らせて狙っているのです。

カマンザはいつも出遅れました。

「そろそろいいのではないか」とパン屋へ出向くと、かならず、鷹の目の女が二人、店内にいて、そこへ、毎日くりかえされるお芝居のように店主があらわれ、悲しげな顔で失敗したパンを並べていきます。

「ああ」と嘆く店主のことなどまるで構うことなく、鷹の目の女二人は並べられたパンを根こそぎ買い占め、それで仕方なくカマンザは失敗したパンではなく、〈よくできたパン〉を購入するのでした。

パンは失敗していなくても、カマンザのもくろみは失敗です。

しかし、このようなことでくよくよしてはいけない、とカマンザは思います。

毎日、失敗するので、毎日、思います。

なにしろ、自分は生きのこった者であり、このくらいの失敗は何ほどのことであるか、と思うのです。

＊

そうしたある日のこと、カマンザは郵便局で切手と葉書を選んでいるときに大変なことを聞いてしまいました。局員の若い女が二人、小さな声でひそひそと話をしていたのです。ちょうど風向きの具合がよかったのでしょう、すぐそばで話しているかのようにカマンザの耳に二人の会話が飛び込んできました。

「ねぇ、知ってる？　ビバリダイの駅をおりて、しばらく歩くと、山ぎわの古い家でおいしい朝食が食べられるって」

「ビバリダイ？」

「貨物列車の駅だそうよ。だから、普通のお客は行けないんだって。でもね、その朝食は、この世でいちばんおいしい朝食なんだとか――」

そこまででした。そこで風向きが変わり、あとはカマンザの耳まで届かなかったのです。

カマンザは郵便局の中を見まわし、自分の他には誰もいないと知って、局員の顔を確認しました。どうやら、先のひそひそと話す二人しかいないようです。

カマンザは急いで切手と葉書を買いもとめ、受け取るときに、いつもより余計に笑顔を返しました。そうしたくなる何ごとかが胸の奥から、じわじわと立ち上がってきたのです。

カマンザは家に帰る前に隣町の商店街にある書店に立ち寄りました。誰にも見つからないよう慎重に書店の棚を探り、およそ半時間をかけて、ついに見つけました。

それは『貨物列車時刻表』という表題が付いたとても小さな薄い本で、薄いわりに二千円もしたのですが、

（これは特殊な本で発行部数も非常に少なく、だから値段も高くなっているのだ）


とカマンザなりに解釈をして、迷わず手に入れました。

一応、家に戻るときは少し遠まわりをし、隣町の書店でこのようにめずらしい本を買ったことを誰にもさとられないよう注意深く家路を急ぎました。

無事、家に帰り着くと、カマンザは心を落ち着けるべく、果物屋で買ってきた枇杷《びわ》の皮をていねいに剝いて食べました。

子供のころからひとりで暮らしてきたカマンザは、何か気持ちが落ちつかないことがあると、こうして果物を剝いて食べるのです。白い皿の上にのせ、色が変わってしまわないうちにすっかり食べ尽くしました。

食べ終えるとカマンザは深呼吸をひとつして、机の上をきれいにしてから、『貨物列車時刻表』をひらきました。

その小さな冊子には、驚くなかれ、この国に走るありとあらゆる貨物列車の時刻表が青いインクで印刷されていました。青いインクが少し薄めで、それゆえ、いくつかの列車は肝心の時刻がうまく読めなかったり、駅名がところどころかすれたりしています。

しかし、カマンザは見つけました。

ビバリダイ。

たしかにその駅は存在し、カマンザの住んでいる町から十キロほど離れた山あいを走る貨物専用鉄道の終点でした。

カマンザはもうひとつ深呼吸をしました。

そしてそのとき、誰かがそっとカマンザの背中を押したのを感じたのです――。

(これはわたしにとって、あれ以来、初めての冒険になる)

(もう二度と冒険には出ない、と決めていたのに)

(わたしは女の子なのに男の子にあこがれ、男の子たちにまじって、あの冒険に出た)

（そして、ただひとり、わたしだけが帰ってきた——）

＊

時刻表によると、ビバリダイに向かう貨物列車が始発駅のマエジマを出発するのは毎週木曜日の午前四時十五分でした。

カマンザはコーヒーをいれた水筒と、昼間のうちにつくっておいた赤いジャムを塗ったパンをリュックサックにしまい込み、時計が午前三時になると、自転車に乗ってマエジマ駅を目指しました。

空には切り落とした爪のような細い月が出ています。

マエジマ駅は初めて行く駅でした。地図で何度も確かめたのですが、おそらく一時間はかかる距離です。夜が明ける前ですし、大きな川を渡って、込み入った迷路のような街区を通り抜け、最後に植物園と映画撮影所の広大な敷地を迂回しなければなりません。

カマンザはこれまで自転車で一時間も走りつづけた経験がなく、途中どこかで休憩を取ろうと考えていたのですが、夜のあまりの暗さに、思い出したくないことが甦ってきそうで、何度か地図を確かめながら、休まずに走りつづけました。

そうしてマエジマ駅に着いたのは貨物列車が発車するじつに五分前でした。

この列車は云うまでもなく貨物を運ぶためのものであって人間が乗るものではありません。それゆえ、乗車券は用意されておらず、それでも強引に乗車したい者は飛び乗るよりほかないのです。カマンザも無論のこと他に選択肢がなく、躊躇する間もなく、身をおどらせて飛び乗りました。

正確に云うと、たまたま鍵のかかっていなかった貨物車両のドアを力まかせにひらき、ひどくカビくさい上に灯りひとつない暗い車内に潜り込むように乗車しました。

このとき、カマンザはいま一度あたりを見まわし、鷹の目の女たちがいないことを確認するのを忘れませんでした。

飛び乗って間もなく列車は発車し、その荒々しい走行にカマンザは頭を抱えて、

（どうして、こんなことをしてしまったのだろう）

と自分に問いかけました。

しかし、答えは見つかりません。

ひとつだけ、わかっていることがありました。

自分で答えられない問いがあるということが、カマンザを前へ進ませる唯一の力なのです――。

カマンザは貨物車のドアを二センチメートルほどひらき、その隙間から細い月を見上げて、水筒のコーヒーを飲みました。気持ちが急《せ》いていたからでしょう、コーヒーはいつもよりずっと苦く感じられました。

＊

到着したのはこの世の果てのような静かで何もないところです。

カマンザは貨物列車の乗務員に見つからないよう素早く下車し、線路脇の草むらに駆け込むと、あとは後ろを見ずにひたすら走りました。

時刻は六時三十分。すっかり朝でした。

木立の向こうに朝陽を浴びた野山が見え、鳥のさえずりは盛んに聞こえても、人の姿はまるで見当たりません。

もっとも、運良く誰かに出くわしたとしても、カマンザは口をきくことができませんから、郵便局で耳にした「この世でいちばんおいしい」朝食をどこで食べさせてくれるのか尋ねることは叶いません。

（いえ、そうじゃない）

カマンザは首を振りました。

（紙に書いて訊けばいい――）

こうしたときのために、カマンザはリュックの中に白い紙の束とボールペンを常備していました。ここぞとばかりに勇んで取り出したところ、ふいに指先から紙がすべり落ち、風にあおられたのか、足もとから生きもののように走り出しました。

（あっ）

カマンザは紙きれを追いかけ、さて、どれほど走ったでしょう。

突然、紙きれは地べたにへばりついて動かなくなり、しゃがんで拾って顔を上げると、眼前に古びた大きな屋敷があらわれたのです。

風がひと吹きし、どこかしら気味の悪い心持ちがしました。その一方で、自分は長いあいだここへ来たかった、ようやくたどり着いたのだ、と心から安堵する思いが胸の真ん中にじんわりと灯りました。

玄関はあらかじめひらかれています。あたかも、「どうぞ中へお入りなさい」と誰かが云っているようで、

（ここまで来て迷っても仕方がない）

カマンザは見えない何ものかに誘われるまま屋敷に足を踏み入れました。

いい匂いがしています。

何かとても温かい、甘みを孕んだ大いに食欲を刺激する匂いです。

カマンザは匂いをもとめて屋敷の中をさまよい、やがて、いちばん奥のひときわ大きな引き戸をひらきました。

中は二十畳ほどの広間で、その真ん中にひとつきり置かれた黒光りのする座卓のか

たわらに、もう若くはない、しかし老人とも云えないひとりの女がカマンザを待ちかねたように座していました。

「どうぞ、こちらへ」

しきりにカマンザを手招いています。

カマンザは向かい合わせで女の前に座り、（あの）と声をかけたかったのですが、やはり声が出ません。

「いいのです」と女は云いました。「わかっていますよ」と優しく頷いています。

「よく、ここまで来ましたね。とても長い夜だったでしょう」

カマンザは女の言葉にどうしてか涙があふれてきました。

「もう心配はいりません。もう長い夜は終わったのです。あなたはこれから――」

女はカマンザの目を見て云いました。

「これから、ゆっくり温かい朝食をいただくのです」

バナナ会議

どんなふうにバナナを食べるかという話になったわけです。

「それはもう、それぞれでしょう」といちばん賢い猿が云いました。

「いや、だからね」といちばん若い猿が手をあげます。「それはそうなんだけど、一度、話し合ってみるっていうか、バナナに対してどんな思いを抱いているか、そのあたりも含めて意見を交換してもいいんじゃないかな、と」

「バナナはバナナだよ」といちばん性格の明るい猿が云いました。「甘くてやわらかくてすごく旨い。皮もむきやすいしね」

「そういうことじゃないんだろ」といちばん性格の暗い猿がつまらなそうに云いました。「自分にとってバナナとは何か、とかそういうことだよな?」

「まぁ、そう」と若猿。

「だからさ」と明猿。「甘くてやわらかくてすごく旨い。皮もむきやすいしね。ぼくにとってバナナはそういうものだよ」

「そういう話じゃないだろ」と暗猿。「たとえばさ――」

「たとえば？」と若猿。

「いや、わかんないけど」と暗猿。

「じゃあ、訊くけどね――」

賢猿が森の方を見ながら云いました。

「はたして、バナナはわれわれにとって、なくてはならないものなんだろうか？」

「なくてはならないね」と明猿。

「ふうむ」と若猿。「ぼくはまぁ、そこまでのものとは思っていないけど――」

「ああ、そうだな」と暗猿が同意しました。「本当に必要なものなんて、この世に存在しないよ」

「でもさ」と明猿。「バナナを食べないと、ぼくらは生きていけないわけだし」

「本当にそうなのかな?」と暗猿。「バナナ以外のものを食べればいいんじゃないか?」

「たとえば?」と賢猿。

そこで一同は口をとざしてしまいました——。

この森で長らく猿生をおくってきた彼らは、バナナ以外のものを食べたことがなく、皆、この森に生まれてからずっとバナナだけを食べて生きてきたのです。

「可能性はあるんじゃないかな?」と若猿。

「たとえば?」と、いまいちど賢猿。

「そう——」と若猿はしばらく考えてから云いました。「コケモモとかさ」

「ちょっと待って、あんな赤いものを食べるのかい?」明猿が目を見張って云いました。「ぞっとしないね。それにコケモモの実はひと粒が小さいから、たくさん食べないと腹がふくれない。採集するのも時間がかかるし、すごく面倒だよ。そこへ行くと、バナナはもぎとりやすいし、一本食べれば、腹持ちがいいからしばらくしのげる」

「じゃあ、林檎はどうかな?」と若猿。

「おい」と暗猿が歯をむいて若猿をにらみつけました。「君はいまの話を聞いていなかったのか？　ぼくらは赤いものを食べるのに恐れを抱いているんだよ」

「いや、問題はまさにそこなんだな」と賢猿が静かに云いました。「これは私の憶測だけどね、どうも赤いものっていうのが、ああ見えて、じつはとんでもなく美味しいものなんじゃないかと思うんだ」

「そうかな？」と明猿。「ぼくはそう思わない。というか、赤いものが美味しいというのは、もし、仮にそれが本当だったとしても、じつは、われわれを欺く罠なんじゃないかと思ってる」

「というと？」と賢猿。

「だってね、怪我をしたら血が出るだろう？　血は赤いよね。あれはつまり、危険だぞって、いちばん鮮やかな色で教えてくれているんだよ」

「誰が？」

「誰がって——神様かな」

「いや、ぼくはね」と若猿が賢猿と明猿のあいだに割ってはいりました。「ぼくが赤いものに懐疑的なのはね——」

「あれ？　君も懐疑的なんだっけ？」と暗猿。

「そうだね。ぼくが思うに、赤いといえば、僕らの尻だよ。熟れた桃を見てごらん。まったくわれわれの尻そのものじゃないか。いくら旨いからといって、尻によく似たものを口にするのはぼくのプライドが許さない」

「なるほど」と賢猿。「それは説得力がある」

「そう云う君はどう考えているんだ？　なぜ、赤いものが美味しいんじゃないかと思ったんだ？」

暗猿が目を細めて賢猿を問い質しました。

「いや、多くの果実が最初は白や黄色や緑だったのに、いつのまにか、みるみる赤くなってゆくだろう？　あれを私は成熟と見ているんだよ。子供が大人になるのと同じで——」

「ほう？」と暗猿。「じゃあ、君は子供より大人の方が味がいいと云いたいんだ？」

「まぁ、そういうことになるかな」

「じつに君らしい考え方だよ。若はどう思う？」

「ぼくはもちろん若々しいのがいちばんだと思うね。バナナもさ、ちょっとまだ若くて青いやつ、あれがいちばん美味しいよ。熟れすぎたバナナは、なんというか、接着剤みたいな鼻につんとくる感じがある」

「ほう？」と暗猿。「君は接着剤を食べたことがあるのか」

「昔ね。それこそ子供のころ。街へ出たときに、ゴミ捨て場にころがっているのを見つけて――」

「まさか、君はあんなものに嚙じりついたのか」

「いや、子供のころの話だよ？　子供のころは何でも食べちゃうじゃない？」

「いや、おれは子供のころからバナナしか食べたことがないぞ」暗猿が毅然として云い放ちました。「うちは親父がきびしかったから、そのへんにころがっているものは決して食べてはいかんって、こっぴどく云われて育った――」

「ああ」と若猿。「ぼくは物心ついたときにはもう親がいなかったからさ、そこんところは自由にしてる。というか、ぼくのような自由な猿こそが次の可能性を見出すんじゃないかと思ってる」

「ほう」と暗猿。「それじゃあ、おれにはまるで可能性がないみたいじゃないか」

「そうだね」と若猿。「悪いけど、一理あるかもしれない。思うに、食べることは冒険のひとつでさ、動物に冒険はつきものなんだよ。だから、あたらしいものにチャレンジするのは悪いことじゃないと思う。ただね、赤いものは、なにしろぼくらの尻の色だから――」

＊

「そう考えるとさ」と明猿。「やっぱりバナナってすごいよね。たいていの果物は赤くなっていくのに、バナナは中身も皮も黄色いままだもの。安定してるよ」

「そうだよ」と暗猿。「親父がよく云ってた。バナナくらいいいものはないぞって。とにかくバナナさえ食っていれば何とかなるって」

「そう」と若猿。「栄養もあるしさ、カリウムが豊富で――」

「カリウム？」と皆が一斉に若猿の顔に視線を集めました。

「あれ？」と若猿。「カリウム、知らない？　このあいだの三日月の夜に街に出たときにね、ちょっと人間の家の中を窓の外から覗いてみたら、居間って云うのかな？　テレビが置いてあって、テーブルの上には飲みかけのコーヒーが置いてあって、家のひとは誰もいなかったんだけど、テレビがつけっぱなしでさ、よくわからないけど、どうやら、何が体によくて、何が体によくないかみたいなことを、すごく頭のよさそうな人間の男のひとが――テレビの中のひとがね、ぼくの方を見て丁寧に説明してくれたんだよ」

「君の方を見て？」と明猿。

「そう。あれは明らかにぼくに話しかけていたと思うね。だってさ――」

一同は若猿の言葉にじっと聞き入っていました。

「だって、そのひとはバナナの効用について話してくれたんだから」

「本当に？」と明猿。

「偶然だろ」と暗猿。

「いや、偶然だとしても、それはすごくいい偶然だったね」と賢猿。

「だよね」と若猿。「だから、耳をすましてさ、その男のひとが話していることを懸命に記憶しようとがんばったんだけどね、覚えるそばから半分くらいは忘れてしまって——」

「ああ、残念」と明猿。

「しょせん猿だからな」と暗猿。

「いや、しかし、半分だけでも記憶しているなら大したものだ」と賢猿。「で、カリウムっていうのは、どういうものなんだろう？　バナナの中に含まれている？」

「そうみたい」と若猿。「カリウムを摂取すると、血圧が安定したり細胞が安定するとか云ってた」

「あ、それ、聞いたことある」と明猿。「森のはずれの——あの白い毛の先生」

「医猿だろ」と暗猿。

「そうそう、あの先生が云ってた。われわれが健康を維持できているのは、バナナを食べることで血圧と細胞の状態を維持しているからだって」

「すごいな」と暗猿。「もしかして、バナナばっかり食べているおれたちって、怖いものなしなんじゃないか？」

「うん」と若猿。

しかし、その「うん」がどことなく歯切れが悪く、何やら云いにくいことを後ろ手に隠しているような印象がありました。

「おや？」と賢猿が気づきました。「何かまだあるんだね」

「うん」と若猿。「じつは、その男のひとが云ってたんだけど、バナナはカロリーがそれなりにあるから、一日に何本も食べたりすると肥満につながるおそれがあるって」

「え？」と明猿、暗猿、賢猿が揃って声をあげました。

「一日に一本、せいぜい二本が適量だってその男のひとは云ってた」

「ちょっと待って」と明猿は衝撃を隠しきれず、寒気におそわれたように唇を震わせていました。「ぼくは――あの――最低でも一日に――そうだな――二十本くらいは食べているんだけど」

「おれは、毎日二十三本と決めている」と暗猿。

「私も十五本は確実だな」と賢猿。

「肥満か」と暗猿。「それだけは勘弁してほしいね。親父がよく云ってたんだよ。猿が木から落ちるようになったらもうおしまいだって。だから、とにかく肥満だけには気をつけろって」

「運動がいいらしいよ」と若猿。

「そうなんだ?」と明猿。「でも、運動って?」

「ジグザグ飛びがいいんじゃないかな」と若猿。

「ああ、あれはきついよね」と明猿。

ジグザグ飛びというのは、樹木の枝から枝へ飛び移って移動していく際に、まっすぐではなく、あえてジグザグに飛ぶことで追走者を攪乱する技なのです。

「あれはきついけど、あれをやったあとは、ものすごくお腹がすいて――」

「そうそう」と若猿。

「いつもに増してバナナが旨い」と暗猿。

「そうそう」と若猿。

「つい食べすぎて、いつもは十五本なのに、二十本は軽くいける」と賢猿。

「旨いんだよなぁ、ジグザグ飛びのあとのバナナって――」と一同。

「考えただけでもお腹が鳴ってくるね」と明猿。

「よし」と若猿。「では、そろそろ行こうか」

はやる思いをおさえながら一同はうなずき合い、次の瞬間、素早く身をひるがえすと、一目散に森を目指しました。

世界の果てのコインランドリー

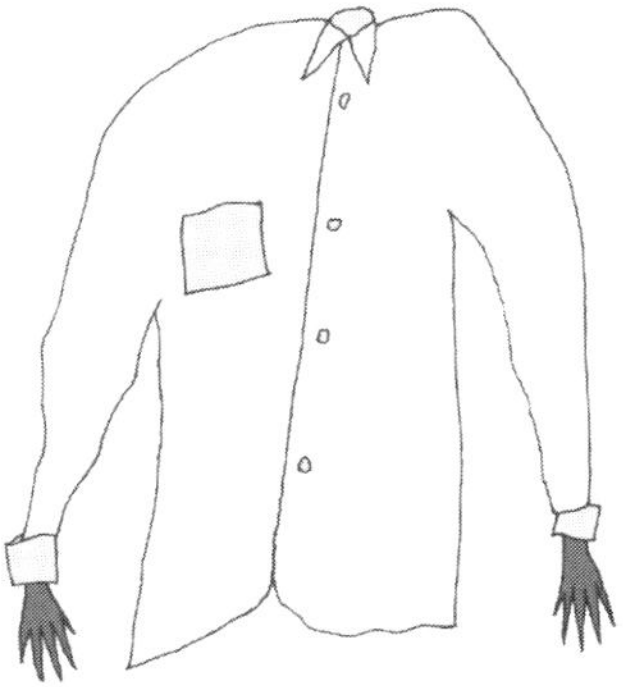

本当を云うと、この世界に「果て」と呼んでいいところがあるとは思えないのです。ですが、そのコインランドリーがある場所へ行ってみますと、そこが間違いなく世界の果てであり、コインランドリーの先にひろがる風景は、この世界の外であると感じられます。

もう少していねいに説明をしますと、そこから先にはもう電線が来ておりません。コインランドリーに供給されている電線がこの界隈の最後の電線で、それも何か非常にくたびれた電線なのでありました。

いちおう、そのあたりは町のはずれであり、電信柱もしっかりと立っているわけですが、道路はコンクリートがあちらこちらでひび割れ、どこから運ばれてきたのか、石ころや塵芥《じんかい》といったものが堆積しております。

塵芥から雑草が生えて白い花を咲かせ、ときおり吹いてくる風の力に耐えて、どうにかそこに留まっている次第です。

人の気配は感じられません。

これでも昔はそれなりの数の住民がいたのです。ついこのあいだのような気がいたしますが、数えてみますと、すでに五年か六年か七年か八年ほどは経っているかもしれません。

そのころの町はにぎやかで、商店なども繁盛して、いろどり豊かなものが町を輝かせていました。

でも、ここから数キロはなれたところにつくられた〈ニュータウン〉に、皆さん、行ってしまわれた——。

〈ニュータウン〉は、それはそれは、いいところで、なにしろ、便利なのであります。買いたいものや食べたいものがすべて揃っていて、そこに住んでいれば一生なにも困らない。そういう大きな船のような町があらわれ、皆こぞって、そちらへ移り住んでしまったわけです。

では、いまこの世界の果てにあるコインランドリーは誰も利用していないのか、営業していないのか、下着や服やタオルを洗うことはできないのか——そう思われるかもしれません。

しかし、そうではないのです。このランドリーは電気も供給され、たった一台だけではありますが、マシーンも普通に動いて、洗濯と乾燥のセット料金は二百円ということになっております。

とはいえ、誰も住んでいないところにそのような機械があっても仕方がないではないか、と思われるかもしれません。

たしかに誰も住んでいなければそのとおりです。

ところが、ただひとり、この界隈に住んでいる男がいて、彼はいつからか「トカゲ男」と呼ばれるようになって、いまはもうすっかりトカゲ男そのものでした。

似ていたのです——。

のんびりぼんやりとした善良な生きものであるところの、あのトカゲに。

風貌であるとか、体の動かし方であるとか、誰かが「トカゲ男だ」と云い出したら、それ以外のなにものでもないということになり、彼自身も、それは納得のいくところで、ちょうどそのころ彼は有名な懸賞に応募をして、見事、「一生分のインスタント・カレーライス」に当選したのでした。

これは決して宣伝文句だけではなく、この先、彼の人生がつづく限り――もう少していねいに説明をしますと、インスタント・カレーライス会社に彼の死亡報告書が届けられるまで、毎月、百食分のインスタント・カレーライスが彼のアパートに送られてくるのです。

彼の父親はそのアパートの大家であり、いまはもうこの界隈に父親はいないのですが、代わりにトカゲ男が大家をつとめているのでした。ただし、もう五年か六年か七年か八年ほど前から誰もいなくなってしまったわけですから、アパートにはトカゲ男だけしか住んでおりません。

つまり、彼は食う寝るところに困ることはなく、そのうえ、父親の銀行口座から、ある程度の金額がトカゲ男の口座に振り込まれているので、あくせく働いて、お金を稼ぐ必要がないのです。

それで彼は、アパートの一階のいちばんひんやりとした一角を選び、そこに、いまやほとんどトカゲそのものと化した自らの体を横たえていました。

「おうふ」

と、ため息をついて一日が終わることもあり、好きな詩集をゆっくり繰り返し読んで一日が終わることもあります。

しかし、いくら自分の他に誰もいないからと云って、ただ怠惰にだらしなく過ごすことをトカゲ男はよしとしません。彼は常に清潔であることを好み、掃除や洗濯といったものを欠かさないのでした。

洗濯というのは、寝床のシーツや枕カバーであるとか、あるいは、自身が身につけているシャツやズボンを洗うことを意味しています。トカゲなのだから、服など着ないで裸で過ごしたらいいじゃないか、とおっしゃる方もいるでしょうが、

（自分はトカゲ男ではあるけれど、本物のトカゲではないのだから服は着ます）

彼は胸のうちにそうつぶやくのでした。

＊

しかし、彼が長いあいだ愛用してきた洗濯機が壊れてしまったのです。

それはスター印の大変に古い洗濯機でありましたが、トカゲ男にとって洗濯機はその機種以外に考えられず、どうにか直して使いつづけたいと願っておりました。

ところが、町にはもう電器店というものがないのです。それに、もし電器店が健在であったとしても、スター印の洗濯機を製造していた会社が倒産してしまったので、壊れた部品を取り替えることは不可能でした。

「おうふ」

そうした事情があって、トカゲ男は世界の果てのコインランドリーに通うことになったのです。

コインランドリー。

そのように便利なものがこの世にあることをトカゲ男は知らずに生きてきたのです

が、

（たぶん、あそこに行けば洗濯機がある）

直感でそう思いました。

しかし、はじめてコインランドリーを訪れたとき、それはまさに「世界の果て」にふさわしいほど朽ち果てているように見えました。窓ガラスにはひびがはいり、ほとんど物置のような簡素な建物は全体が右に傾いていました。

トカゲ男は慎重な性格でしたから、まずは窓から覗き込んで中の様子を確認してみました。

すると、中は予想に反してトカゲ男が好む清潔感が保たれており、何より驚いたことに、そのコインランドリーにたった一台置かれていた洗濯機は、他でもないあのスター印の洗濯機だったのです。

＊

「トカゲ男？」

コインランドリー管理事務所の所長は眉をあげてマエゾノの顔を見なおしました。

「何をふざけたことを云ってるんだ？　あの町の住民は、皆、〈ニュータウン〉に移住したんだぞ？　もう誰も住んでいない。だから、あそこのコインランドリーは廃止すると云っただろう？　どうして、メンテナンスをつづけている？」

「ええ、ですから、あそこにはまだトカゲ男さんが住んでいて――」

マエゾノがそう云いますと、所長はものすごい剣幕で、

「なんでもいいから、即刻、撤去しろ」

事務所の机を拳でゴンゴン叩きました。

「上からきびしく云われてるんだ。あのあたりは、いずれ〈第二ニュータウン〉として開発される」

「そうなんですか――」

「もう決まったことなんだよ」

マエゾノは「わかりました」と小さな声で答えると、肩を落として事務所をあとに

しました。彼は栄養の足りていないひょろりとした青年で、この仕事を始めて、まだ間がないのです。

以前は、インスタント・カレーライス会社の事務を担当しておりました。その会社では、毎年、応募者の中から一名を選んで、「一生分のインスタント・カレーライス」をプレゼントしていたのですが、その企画の担当者がマエゾノなのでした。

マエゾノには覚えがあったのです——。

二年前の当選者の名前が自分と同じマエゾノで、名前のあとに括弧でくくって（トカゲ男）と書いてありました。住所はサルスベリ町とあり、聞きなれない町名だったので、マエゾノは地図をひらいて確かめてみたのです。

すると、まったく小さな町ではありましたけれど、サルスベリ町は確かに存在し、となると、トカゲ男という名前もあながち冗談ではないのかもしれない、とマエゾノは自分だけの空想にひたりました。

マエゾノは子供のころから夢見がちな少年で、医者に診てもらったこともあるくらいなのです。症状はいろいろあるのですが、省略して申し上げれば、ようするに頭の中に描かれる世界を本当のことであるかのように思い込んでしまうのです。

「コーヒーを飲みなさい」

マエゾノのかかりつけの医者はそう云いました。このドクターというのが、「おれはもう医者をやめたい」が口癖で、

「すぐにでもやめて、あとは南の国で暮らしたいよ」

遠い目になって、たびたびそう云うのです。

すでにもう白衣は着用しておらず、心は南の島にありましたから、ヤシの木があしらわれた派手な色のアロハシャツを着ていました。

「みんな、どうかしてるよ。こんな寒々しい国で暮らすなんて」

そういうおかしなことを云うドクターなので、「コーヒーを飲みなさい」という処方が正しいものであるかどうかは大いに疑わしいわけです。

しかし、マエゾノはきわめて礼儀正しい青年で、ドクターに丁重に礼を云うと、次の日からさっそくコーヒーを飲む習慣を自らに課しました。

これにはしかし、ちょっとしたからくりがあったのです。

アロハ・ドクターの医院の隣がコーヒー豆を焙煎して販売する店になっており、その店のヒゲの店主とドクターは「一人二役ではないか」と近隣の人たちは噂しておりました。

しかし、ドクターはそうした人たちに対しても、

「何を寝ぼけたことを云っているんだ。コーヒーでも飲んでしゃっきりしなさい」

と診断を下すのでした。

*

マエゾノはインスタント・カレーライス会社の事務を辞め、コインランドリー管理事務所で働くようになったときに、自分がメンテナンスを担当している地区のひとつにサルスベリ町があるのを発見しました。

実際にメンテナンスに行ってみると、町はおそろしいほどの静寂に包まれ、頭の上を雲が流れてゆく音だけが聞こえてくるようです。コインランドリーのまわりには雑

草が生い茂り、白い小さな花が風に吹かれて咲いていました。その花と呼び合うように、空の上のいちばん高いところに白い昼間の月が出ています。

マエゾノはいつも携帯しているブラックの缶コーヒーを作業着のポケットから取り出し、プルタブを引き起こすと、口をつけるなり顔をしかめました。

マエゾノはじつを云うと、コーヒーが好きではないのです。しかし、かかりつけのドクターが云うのですから、無視するわけには参りません。

マエゾノは軽く頭を振ってランドリーの中にはいりました。

しんとしています。

すべてが綺麗に整えられ、一見、誰かが使用した形跡はありません。

しかし、マエゾノは見つけました。

洗濯機のスタートボタンのあたりに白い小さな紙片がテープでとめてあり、

「いつも、ご苦労さまです。　トカゲ男」

とボールペンで書いてありました。

鳴らないオルゴール

むかしの話で恐縮なのですが、街からずいぶんと離れた小さな村のはずれに、タクトという名の男が住んでおりました。この男、生まれながらの人間嫌いで、なるべく、人の住んでいない静かなところで暮らすことを望んでおりました。

職業はオルゴールを直す仕事で、毎日、コツコツとつづけるのが自分の性格に合っていましたし、何より静かな環境を必要とする仕事であるのが気に入っていたのです。

オルゴールを直してほしいという依頼は、毎月ちょうどよくありました。彼のようにオルゴールだけを専門としている修理屋が他にいなかったからでしょう。

隣村から、「直してほしい」とはるばる訪ねてくる者もありましたし、聞いたこともない遠いところから郵便で送られてくることもありました。

包みをひらくと壊れたオルゴールがあらわれ、「あなたのような人は大変めずらしい。オルゴールだけを直しつづけているとは、なんと素晴らしいことでしょう」と心のこもった手紙が添えられていることもありました。

しかし、タクトは遠くからわざわざやってきた客人に対しても、心のこもった励ましの手紙をくれるような人に対しても、本当の意味で心をひらくことはありませんでした。

「そうですか」「わかりました」「一週間で直します」「ありがとう」

話す言葉はその程度で、なにしろ、静かであることを第一に望んでいましたから、彼にとっては、自分の話す声もまた静けさの妨げとなるのです。

このような彼でありましたが、ただ一人だけ、一緒にいると気持ちが落ち着く女性がいて、その人はミントという名前で、彼女もまたタクトにオルゴールの修理を依頼していました。

ただ、どうしたことでしょう、大抵のオルゴールは一週間もあれば直してしまうのに、ミントのオルゴールだけはいっこうに直らないのです。他のオルゴールを直しなから、夜の一番静かな時間にミントのオルゴールを直す作業をつづけていたのですが、どうしても直りません。直らないということは、つまり音が出ないということです。

タクトは毎晩、腕を組んで、どうして直らないのかと考えました。

直せないはずはない。ということは、直そうという意志が自分にないのか。どうしてだろう？　どうして、直したくない？

それはもしかして、直してしまったら、それきり彼女に会えなくなってしまうからではないか――そんな気がしました。いえ、きっとそうです。

しかし、そんなことではよくないのです。

彼はあまりに考えすぎて、考えることに疲れてしまうと、コーヒーをいれてパンを焼きなおし、黒い木べらで黄色い粒入りマスタードを塗って食べました。

タクトはそのマスタードを塗ったパンが何よりの好物なのです。それさえ食べていれば他のものは必要なく、実際、来る日も来る日もマスタードを塗ったパンだけを食べつづけてきました。朝も昼も夜もです。

ミントは一週間に一度、歩いて三十分ほど離れた自分の家からタクトの様子を見にきていましたが、自分のオルゴールはいつまでたっても直らず、そのうえ、タクトは無口でほとんど物を云いません。けれども、ミントもまたタクトの仕事部屋で静かな時間を過ごしていると、どういうものか妙に心が落ち着いてくるのでした。何がどうと訊かれても答えられませんが、どことなく、彼に魅かれるところがあるのです。

ただ、彼が常にマスタードを塗ったパンだけを食べていることは感心しませんでした。それでミントは、一週間に一度、タクトの小屋を訪ね、自分の畑で収穫した野菜を酢漬けにしたものと、街から売りにくる一番安い骨付きハムを持参するのです。

「同じものばかりじゃなく、いろいろなものを食べないと体によくないです」

ミントが静かな声でそう云うと、タクトは「わかりました」と素直に頷き、その日ばかりはマスタードを塗ったパンの上にハムをのせて食し、小皿に盛った野菜の酢漬けをおいしくいただきます。かならず、ミントも一緒に同じものを食べ、ひとまずは「よかった」と彼女はそう思うのでしたが、毎週毎週、同じものを食べていると、さすがに飽きてくるのでした。

「他のものを食べてみたいと思わないのですか？」

タクトにそう訊いてみると、彼は首を横に振り、

「ぼくはこれで充分なのです」

小さな声でそう答えるのみでした。

＊

ミントはタクトよりも幾分か街に近いところに住んでおりましたが、彼女もやはり長いあいだ独り住まいで、生計をたてるために小さな布を縫い合わせる仕事をしていました。「小さな布」というのは、街にほど近い工場でつくられている大きな布の余りもので、ときどき、工場へ出かけてわけてもらうのです。それは色も模様も手触りも違うさまざまな布きれでした。

「パッチワーク」と世間ではそう呼んでいるようでしたが、ミントは独自な考えのもとに自由にその布きれを縫い合わせ、テーブルの敷物やエプロンやシャツといったものを思いつくままつくっていました。

最初はまるで売れなかったのです。しかしあるとき、遠いところから一人の男がミントを訪ねてきて、「あなたのつくるものは、じつに見事です」と称賛したのでした。

「ついては、定期的に買い取りたいのです」

素性を訊くと、男はフェザーという名の旅商人で、以来、フェザーは月に一度、ロバをひいてミントの家を訪ね、まとめて買い取ったものを遠い街の洋品店で販売するようになりました。

フェザーとしては、それが大して儲けにならないということは承知していたのです。ですが、ミントのつくるものを世の中に広めたいという思いがありました。

「あなたのような人が、このようにさみしいところで暮らしているのはどうしてなのでしょう?」

フェザーは何度目かの買い付けの際にミントにそう云いました。

「いえ、わたしはちっともさみしくなんかありません――」

ミントはそう答えながら、フェザーが着ている色鮮やかなジャケットや、腕に巻いた飾りものや、いかにも質の良さそうなツイードの帽子に見入っていました。

「どうです？」とフェザーがすかさず云いました。「私と一緒に街へ引っ越しませんか。じつを云うと、私もそろそろ旅をしながら商うのをやめて、街なかに自分の店を持ちたいと思っているのです。もし、その店であなたのつくるものを常備できたら、間違いなく繁盛すると思うのです」

「街ですか――」とミントは遠い目になりました。

「ええ、街にはなんでもありますよ。最新式のテレビや自動洗濯機や部屋の空気を整える機械まで。それに、おいしいものが毎日食べられるんです――そうだ、今日はいつものお礼にと思って、ちょっとしたおみやげがあるんです。まさに街で仕入れたものなんですが――」

そう云ってフェザーは荷車に積んだ氷室から肉のかたまりを持ち出してきました。

「今夜はこれをステーキにしたらどうですか。その味が街の味です。いいですね？この次までに私の提案について考えておいてください。よい答えを待っています」

そう云って、フェザーは街へ戻っていきました。

（ああ）とミントはため息をつきました。（街での生活。華やかで、快適で、にぎやかな街の生活――）

彼女はその夜、うまく仕事がこなせませんでした。同じ布を二つも三つも繋げてしまったり、針で指先を突いてしまったり。

（そうだ、わたしはきっとお腹が空いているんだ。それで、どうかしているのよ）

ミントはフェザーが置いていった肉のかたまりを切り分け、分厚いひときれをフライパンにのせて焼きました。そんなご馳走はいつ以来でしょう。初めて自分のテーブルクロスが売れたときに小さな鹿肉のステーキを食べて以来かもしれません。

しかし、フェザーが街から持ってきたその肉は「忘れられない味」と思っていた鹿肉のステーキの何倍も何十倍もおいしいものでした。このようなものがこの世の中に存在していたのに、それをいままで知らずに生きてきた。はたして、それでいいのだろうか――ミントは初めてそんなことを考えました。

＊

その翌日、ミントはタクトの様子を見に行く日になっていました。しかし、じつを云えば、いつからか期待はしていないのです。今日こそ、オルゴールが直っているのではないかと、以前はタクトの小屋を目指すときに小走りになったこともあるのですが、そうした期待はもうしないようになっていました。

もっと云うと、直らなくてもいいとすら思っていたのです。本当にオルゴールの音色を耳にしたいのなら、街へ出てあたらしいオルゴールを買えばいいのです——。

案の定、その日もオルゴールは直っていませんでした。

「申し訳ないです」とタクトは頭を下げ、「でも、かならず直ると思うので、もう少しだけ時間がほしいのです」と頭を下げたままそう云いました。口数の少ないタクトが、そんなふうに話をつづけるのは稀なことでしたが、「ええ」とミントはタクトから視線を外し、「わたし、あの——」と目を伏せて口ごもりました。

「もう少しだと思うんです」

「ええ、きっとそうなんでしょうね。でも、わたし、今日はその——オルゴールを引き取りにきたんです」

「ちょっと待ってください」タクトはあきらかに動揺していました。と同時に作業台の上に乗せられていたミントのオルゴールを両手で抱えると、胸の中に抱きしめるようにして、「もう少し待ってください」と最後の力を振り絞るようにして云いました。

二人に黙って向き合っていました。静かであることを望んだ二人であったのに、その静けさが、とてもおそろしく長く感じられました。

「お腹が空きましたね」とミントが云いました。「食事をしましょうか」

「すみません」タクトの声はひどく掠れていました。「またいつもの――」

「わたし、あれが好きです。マスタードを塗っただけのパン。正直に云うと、少し飽きたときもあったけれど、どうしてだか、少し経つとまた食べたくなる――」

「本当ですか」

タクトが自分でも驚くばかりの大きな声をあげたとき、ふいに抱えていたオルゴールが震え出し、ほとんど聴きとれないほど小さな音で、かすかな旋律を響かせました。

二人は立ち尽くしたまま、その小さな音に耳を澄ましていました。

空から落ちてきた男

母親がいなくなってから、彼女は父親とまともに話をすることがなくなっていました。そう思えば、母は父と自分の仲を取り持つ存在であったのだといまさらながらに感じ入り、その存在の欠落はなかなか埋められないとイチゴ牛乳を飲みながら窓の外を眺めました。

彼女は毎朝、学校へ行く前に父親と二人でその簡易食堂に寄ります。

ハムとチーズとレタスをはさんだサンドイッチを食べ、決まって一緒にイチゴ牛乳を飲むのがならわしでした。

学校というのは服飾を学ぶところで、いずれイタリアにでも行って、ファッションに関わる仕事に就くのを目標にしていました。

彼女が身につけているものはいちいち派手で、そのにぎやかな色あいの服を彼女はアルバイトで得たお金で購入していました。

しかし、そうすると、イタリアに行くための資金がなかなか貯まりません。それで彼女は、ときどきお金を払わずに店から勝手に服を持ってきてしまうことがありました。それはもちろんいけないことです。犯罪でした。見つかったら、父親が激怒することは間違いありません。

父親は大変に強面《こわもて》なのです。もし、自分の父親でなかったとしても——いえ、父親でなければなおさらですが——激怒した顔に恐れをなして震え上がるでしょう。

父親は口数が少なく、常にこの世に対して恨みを持っているような様子でした。

実際、彼は（つまらん、つまらん）と胸のうちに常につぶやき、娘が生まれる前から——いやそれどころか、妻と知り合う前からゴム手袋の工場で働いていました。

「ゴム手袋？」と彼の仕事を聞いた人は必ず確かめます。

「ゴム手袋って、あのゴム手袋？」

（他にどんなゴム手袋があるんだ）——彼は胸のうちにつぶやきました。

決して口に出して云うことはありません。しかし、云わずに我慢しているのが顔に出てしまうのかもしれません。それが余計に彼を強面に見せているのでした。

娘が父親とこの食堂で朝食を食べるようになったのは、母親が世を去った次の日からです。娘も父親も食事をつくることが苦手で、父親はそもそもこの食堂で食事をするのが若いときからの習慣でした。娘はなんの考えもなしに父についてきただけで、なにより、一緒に食事をすれば、父親が食事代を払ってくれるのです。

父親は例によって黙々と食事をするのみで、食べるものは若いときから決まっており、辛口のチリシチューにクラッカーを添えたものと熱いブラックコーヒーでした。それ以外は食べたことがありません。ですから、娘がサンドイッチやイチゴ牛乳を口に運んでいるのを、他の星からやってきた異生物を見るような目で眺めていました。

娘は娘で父親の食べているものが得体の知れないものに見え、トマトとスパイスの入り混じったいい香りが漂ってくるのに、見た目からはまるで食指が動きませんでした。それに父親はタバコを吸いながら食事をするので、せっかくのいい香りも台無しになってしまいます。

この二人にただひとつ共通していたのは、食事のときにラジオを聴くことでした。とは云っても、それぞれ別の放送を聴いているので、二人は食事のあいだ中、イヤホンを耳に挿して、当然のようにひとことも口をきかずにラジオを聴きながら食事をしています。

父親はローカル局の〈グッド・モーニング・プラネット〉という誰も聴かないような地味な音楽番組を聴いていました。朝のこの時間帯は情報番組を聴くのが一般的なのですが、父親の選んだこの番組は音楽中心の――それもブルースやソウルばかりの選曲で、しかし、朝の番組らしく、ときどきはニュースや交通情報などを流していました。

一方、娘の方はといえば、ネット・ラジオの〈フー・ラブズ・ユー〉という番組を愛聴し、こちらは流行りの音楽をかけながら、やはりニュースや天気や今日の占いといったものを織り交ぜて放送していました。

ひとつのテーブルをはさんで血のつながった親子が差し向かいで朝食を食べているわけですが、二人は別々のラジオを聴き、会話は皆無で、お互いがお互いをどんなふうに思っているのかもわかりません。

そんな二人が突然、食事をしていた手をとめ、

「どういうこと?」

と口を揃えて云いました。

これはまったくの偶然だったのですが、それぞれが聴いていた番組がちょうど同じ時間にニュースを流し、ちょうど同じニュースを同時に伝えていたのです。

それは「一人の男が空から降ってきた」というもので、男は背中に羽根を持ち、薄汚れた白い寝巻のような服を着て、体中に傷があるとのことでした。どちらのニュースもそれ以上の詳細は伝えず、それで二人は期せずして、

「どういうこと?」

と口を揃えてしまったのです。

＊

翌日の朝、二人はまたいつもどおり簡易食堂の窓ぎわの席で向かい合わせに座り、いつもの食事をしながら、いつものラジオを聴いていました。

いつもと違っていたのは父親が新聞を読んでいたことで、娘が知る限り、この父親は新聞というものを憎んでおり、破り捨てているところは何度か目にしていましたが、熱心に記事を読んでいる姿は一度も見たことがありませんでした。

そんな父親が何をそんなに夢中になって読んでいたのかというと、それは「空から降ってきた男」の続報で、記事の見出しには「空から落ちてきた男」とありました。

それを見て、娘は思わず声をあげたのです。

「落ちてきたって、どういう意味？」

父親はイヤホンごしに娘の声が聞こえたような気がして、新聞を半分だけ折りたたんで娘の顔を見ました。

「うん？」

ほとんど声にならない声を発し――なにしろ、娘とほとんど会話をしていなかったので、どんなふうに話していいかわからなかったのです。

「落ちてきた、てことは、その男は空の上に住んでいたとか？」

今度は娘の声がはっきり聞こえました。それで父親は、

「どうも、そうらしいぞ」

そう答えました。

云い方が少しぎごちなかったかもしれません。娘と話すときはこういう口調でよかったのかどうか思い出せなかったのです。

「それってどういうこと？」娘はさらに訊きました。「そのひと、天使か何か？」

「ああ」と父親は記事を読みながら答えました。「そういうことらしい」

「まさか」

「いや、男自身がそう云っているそうだ」

二人はいつのまにかイヤホンを外して話していました。

「自分を天使だって？」

「そう」父親は娘に記事を見せながら云いました。「ここにそう書いてある。『自分は失墜した天使である』と――」

「ちょっと待って」と娘が声を大きくしました。「天使って、自分で『失墜』とか云うんだ」

「そうみたいだな。失墜とか失速とか云ってるし、天使のくせに『罪を犯しました』なんてことも云ってる」

父親がそう云いながらかすかに笑うと、娘も笑いかけて自分の罪を思い出しました。父親も何か思い出したのか、笑いかけた顔を元に戻すと、

「おかしな天使がいたものだ」

そう云って、わざとらしく新聞をバサバサと折りたたみました。

＊

それから一週間して、また父親が食堂で新聞を読んでいると、

「今度はどんな記事？」

と娘が訊きました。

「このあいだの天使が博物館で公開されることになったみたいだ」——父親は興奮を抑えながら答えました。「今日から公開らしい」

「本当に？」

「見に行ってみるか？」

「だって、仕事は？」

「それどころじゃないだろう」父親は腰を浮かせて云いました。「今日は学校を休んでいいぞ。これはもう学校どころじゃない——」

しかし、同じように思った人はたくさんいたようで、父と娘が博物館に到着したときには、すでに長い行列が出来ていました。

「なにこれ？」

娘は驚きました。

「前に天使が公開されたときはこんなじゃなかったのに」

「あのときの天使は自分からおりてきたんだよ」

父親は父親らしい話し方を取り戻しつつありました。

「今回のは空から落ちてきたんだ。じつに興味深い話じゃないか」

同じように思った人はあとを絶たないようで、父と娘が並んだあとにも、さらに長い行列がつづきました。

それからおよそ二時間ののち、ようやく順番がやってきて、博物館の一角に設けられた特別展示室に二人は足を踏み入れました。

そこには虎や熊を入れるような太い鉄格子でつくられた檻があり、その檻の中に、みすぼらしいなりをした一人の中年男がひざをついて肩で息をしていました。どう見ても、中肉中背の人間の男にしか見えません。

しかし、背中には羽根があり、この世のものではないような白い半透明の生地でつくられた衣服を身にまとっていました。それが天使であると云われれば、そうなのかもしれず、「空から落ちてきた」ことを証明するように、顔や手の甲に生々しい傷が何本も走っていました。

檻のそばには注意を促す看板が立っていて、「声をかけないでください」と書いてありましたが、父親は若いときからこうしたことに反発したくなる性質で、看板が目

に入らないふりをして、

「おい」

と天使に声をかけました。

すると、檻の中の天使は上体を起こして顔をあげ、声をかけた父親に、その悲しげな血走った目を向けました。

天使は泣いているようでした。透明な月の光で出来ているような涙を流し、父親の目をじっと見て、何ごとか訴えているようでした。

*

翌日、父と娘はいつものように簡易食堂の窓ぎわの席につき、それぞれの食事をしながら、それぞれのイヤホンでラジオを聴いていました。窓から見える空には白い雲がのんびりと流れています――。

しかし、二人とも天使のことはすっかり忘れてしまったのか、娘は手鏡をのぞいて髪をなおし、父親は面白くなさそうに窓の外を眺めてタバコの煙を吐きました。「ねぇ」と云った娘の声も耳に届かず、「ねぇ」ともう一度云ったのがようやく聞こえて、「なんだ、どうした？」と父親はイヤホンを外しました。

「その、チリシチューって、おいしいの？」

父親は灰皿にタバコを押しつけ、

「交換してみるか？」

娘のサンドイッチを指差しました。

「いいよ」

皿を交換し、父は初めて娘の食べていたサンドイッチの味を知り、娘は父がずっと食べつづけてきたシチューの味を知りました。

「なるほど、悪くないね」

口を揃えて云い合いました。

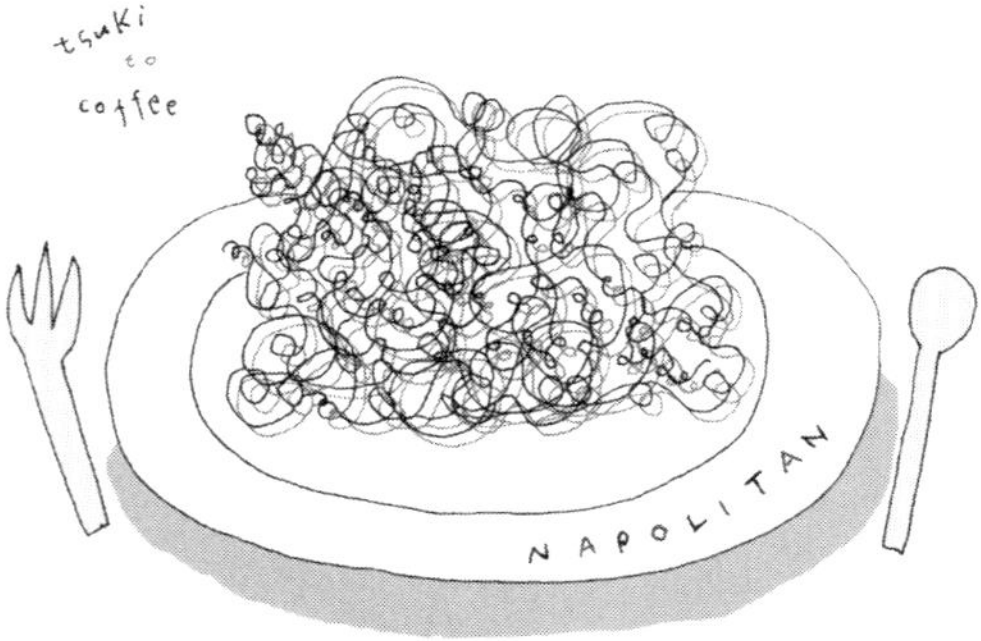
tsuki
to
coffee
NAPOLITAN

美しい星に還る人

〈一日目〉

わずか四日間の滞在でした。

それは彼女の星の決まりで、彼女というのは地球から遠く離れた星から「見聞」にやって来たリルという名の女性です。

その星に住む彼らや彼女たちには、地球の人間と同じく男性と女性があり、顔つきや姿かたちもきわめてよく似ていました。

「遠いところ、お疲れさまでした」

〈到着ゲート〉で、リルを迎えたのはカシワギという青年です。

「あの」とリルはあたりを見まわしながら小さな声でカシワギに云いました。

彼女の星では、この数年の「見聞」によって、すっかり、地球の言葉をマスターしている人が数多くいるのでした。彼女もそのひとりです。

「あの、わたしじつは——ピンチ・ヒッターというんでしょうか」

「ピンチ・ヒッター？」

カシワギは首をひねりました。何か別の言葉と間違えているのではないか、と思ったのです。

「ええ」とリルは頷きました。「代打というか——じつを云うと、代わりに来たのです。本当は別の女の子が来る予定で」

「ああ、そういうことですか」とカシワギは理解しました。「ということは——」

「はい。ほとんど予習をせずに来てしまいました。ですから、わたし、地球の言葉はひととおり話せるのですが、言葉以外のことはあまり知らないのです。いわば、新米です」

カシワギは彼女の「新米」という言葉に笑い出しそうになりました。でも、考えてみれば、自分もまさにそうなのです。

「僕もですよ」とカシワギは包み隠さず云いました。「僕もじつは、ガイドの仕事を始めてまだ間もないんです。リルさんのガイドも、本当は僕の先輩が担当する予定だったんですが、急病で入院してしまいまして、それで急遽、僕が担当することになったんです」

「そうでしたか」とリルはカシワギの目をまっすぐに見ました。カシワギは頬を赤らめ、「すみません」と、あらかじめ謝っておきました。「そんなわけなので、僕の方こそ新米なんです。ですから、充分なガイドができないかもしれません」

「いえ、どうぞお気になさらず」リルは顔の前で手を振りました。「正直に云いますと、この星のことはあまり興味がなく──だから、わたし、本当に何も知らないのです。でも、到着してすぐに驚きました。この空の青さと雲の白さです。このような青と白のもとで生活をしているなんて、どんなに素晴らしいことでしょう。さっそく感激しました」

「そうですか」とカシワギはゲートを出て空を見上げました。

（昔の空はもっと青くて、雲はもっと白かったんです）

そう云おうとしましたが、やめておきました。

「余計なことは云わないように」と上から重々注意されていたのです。


〈二日目〉


リルは地球のことをほとんど知らないようでしたが、カシワギは自ら望んでガイドの仕事に就いたわけですから、彼女が住んでいる星のことは、ある程度、マスターしていました。

カシワギは未経験でしたが、先輩たちの何人かは、実際に、リルの星へ「見聞」に出向いていました。

「美しい星だよ」

先輩の誰もが、口を揃えて云いました。

「言葉にならないね。あればかりは、実際に行ってみないことには――」

そう云ったきり言葉を詰まらせました。

その「美しさ」については立体映像などで、カシワギも少しは知っていました。それで彼は、一体、どんなところへ彼女をガイドすればいいのか迷っていたのです。

「電車というものに乗りたいのです」

宿舎に迎えに行くと、リルは真っ先にそう云いました。

「わたしたちの星には電車はありません。移動するときは、皆、ひとりきりです」

カシワギは彼女を宿舎のそばの駅へ連れて行き、「これはこの街で最もポピュラーな路線です」と説明しながら、〈中央環状線〉に乗り込みました。

「あれはなんですか？　みんな、何を見ているのですか」

リルは車内の乗客をそれとなく指差しながらカシワギに訊きました。

「あれは携帯送受信機です」とカシワギは答えました。「電網機関を通じて情報が得られるんです」

「それは、どんな情報でしょう？」

「そう――」とカシワギはしばし考えました。「あらゆる情報です。天気やニュースといったものから政治や芸能のことまで。ただ、ああして皆が夢中になっているのは個人的な情報の交換です」

「個人的な？」

「ええ。今日、朝食に何を食べたとか――」

「わたしは今朝、宿舎でトーストとコーヒーをいただきました。大変に美味しいものでした。そのあとにいただいたバナナとストロベリーも素晴らしく、色も味も申し分ないものでした」

「そうでしたか」

カシワギはそれを聞き、（それならば）と、昼食は予定どおり〈いたりあ食堂〉へ彼女を連れて行きました。

「ここはですね」とカシワギは解説しました。「日本的イタリア料理の店なんです」

「それはつまり」――リルはじつに勘のいい異星人でした。「つまり、ふたつの料理がミックスされているということですか」

「いや、そうではなく」カシワギは首を横に振りました。「まだ本格的なイタリア料理店が日本に少なかったころ、アメリカ経由で伝わってきたものを日本風に定着させたのが、このナポリタンというものです。ナポリタンのナポリはイタリアの都市の名前ですが、ナポリにナポリタンはありません」

説明しながら、（やはりわかりにくかったか）とカシワギは後悔していました。やはり、ここは順当に鮨か天ぷらを選ぶべきだった。いくら自分の好物だからと云って、ナポリタンのような複雑な背景を持った食べ物を選ぶべきではなかった――カシワギの後悔は彼女が白い皿にのってあらわれたナポリタンを口に運んだときに決定的なものになりました。

彼女は途端に無口になり、眉をひそめて小さく首を振ると、ついには天を仰ぎ、最後まで「美味しい」とか「素晴らしい」といった感想は述べませんでした。

〈三日目〉

カシワギは昨日の失敗を帳消しにするべく、できるだけ短時間のうちにさまざまなものを「見聞」してもらうよう、過密スケジュールを組みました。

動物園と博物館へ行き、図書館へ行き、デパートへ行き、そうして地球上に存在するさまざまなものを見せては、ひとつひとつ説明しました。

リルはいちいち興味深そうで、何を見ても「素晴らしい」「面白い」――いいですね」を連発しました。

のみならず、移動中に目にしたものにも注目し、「あれはなんでしょうか」とビニール傘を指差しました。あいにく、急な雨が降り出し、道行く人たちが透明な簡易傘をさしていたのです。

リルは思いもよらないものを示しては、「あれはなんでしょう?」「これはどういうものですか」とカシワギに尋ねました。

銅像、カレンダー、スカート、刺青、帽子、マスク、避雷針、コーヒー――。

「あの人たちは何をしていますか?」

博物館でのことです。静かな館内で若いカップルが顔を寄せ合って、ひそひそと話していました。声になるかならないか、というぎりぎりの小さな声でした。

「あれは、ひそひそ声、もしくは内緒話というものです」とカシワギは答えました。

「どうして、あのように小さな声を？」

「そう――」カシワギは自分でもなぜだろうと思いながら答えました。「大事なことは、時に小さな声で語る方がいいのです」

「そうなのですか？」

リルは不審そうに眉根をひそめました。

「大事なことは大きな声でしっかり伝えるべきではないのですか」

「ええ、もちろんそうなのですが――」

カシワギはなんと云っていいかわからず、やはり自分はまだ「新米」で、あるいはガイドには向いていないのかもしれないと気持ちが沈みました。


〈四日目〉

早くもリルが帰る日になりました。

カシワギはこの日も万全の準備で臨みました。

より深く地球および地球人の営みを知ってもらうために、映画館へ行って映画を一本鑑賞し、さらには、遊園地へ連れて行って、次々とアトラクションを体験してもらいました。この地球上には「楽しい」と感じることが沢山あり、それをひとつでも多く彼女に知ってもらいたかったのです。

ジェットコースターに乗ったあとに、観覧車に乗りました。

本当を云うと、カシワギは高いところが苦手なのです。ジェットコースターも生きた心地がしなかったのですが、観覧車がいちばん高いところへ到達すると、いよいよ恐怖心から足が震え出し、抑えようと思ってもどうにもなりませんでした。

「どうしましたか」

リルは敏感に察知しました。困惑した顔でカシワギの様子を見守っています。

「いえ、すみません」

どうにかカシワギはそう云いました。

「僕はその――高所恐怖症という――なんというか――病気なのです」

「急病ですか」とリルは心配そうにカシワギに手をさしのべました。

「いえ、そうではなく」

カシワギは目をつむりました。

「そうではなく、僕はただ怖いのです」

「そうなのですか」とリルはやや驚いたような表情になりました。「この星の人たちは、恐怖という感情が少ないのだろうと思っていました。電車に乗ったときにそう思ったのです」

「電車？」とカシワギはリルの真剣な目を見返しました。「電車は怖くないです」

「ええ。しかし、あのプラットホームというものは、乗客の数に対してあまりに狭いです。簡単に落ちてしまいます。それは空の高いところから落ちてしまうことと同じくらい危険なことだとわたしは思いました。それに――」

リルは遊園地のさまざまな乗り物を見おろしながら云いました。

「この星の皆さんは恐怖を楽しんでいます。それがわたしにはいちばんの驚きでした。でも、あなたが『怖い』と云ったのを聞いて、少し安心しました」

＊

〈ゲート〉で別れるとき、彼女の生まれ育った「美しい星」は、一体どれほど美しいのだろう、とカシワギは考えました。彼女はその美しい星に還っていくのです。また、ふたたび地球に来ることはあるのだろうか――。

「また、来ます」とリルは云いました。

「本当ですか」とカシワギは声が大きくなりました。「何が一番よかったですか」

「ナポリタン」と彼女は迷わずそう答えました。「それから――」

彼女はカシワギの顔に自分の顔を寄せ、カシワギの耳もとに口を近づけると、彼にだけ聞こえる小さな声で答えました。

内緒話でした。

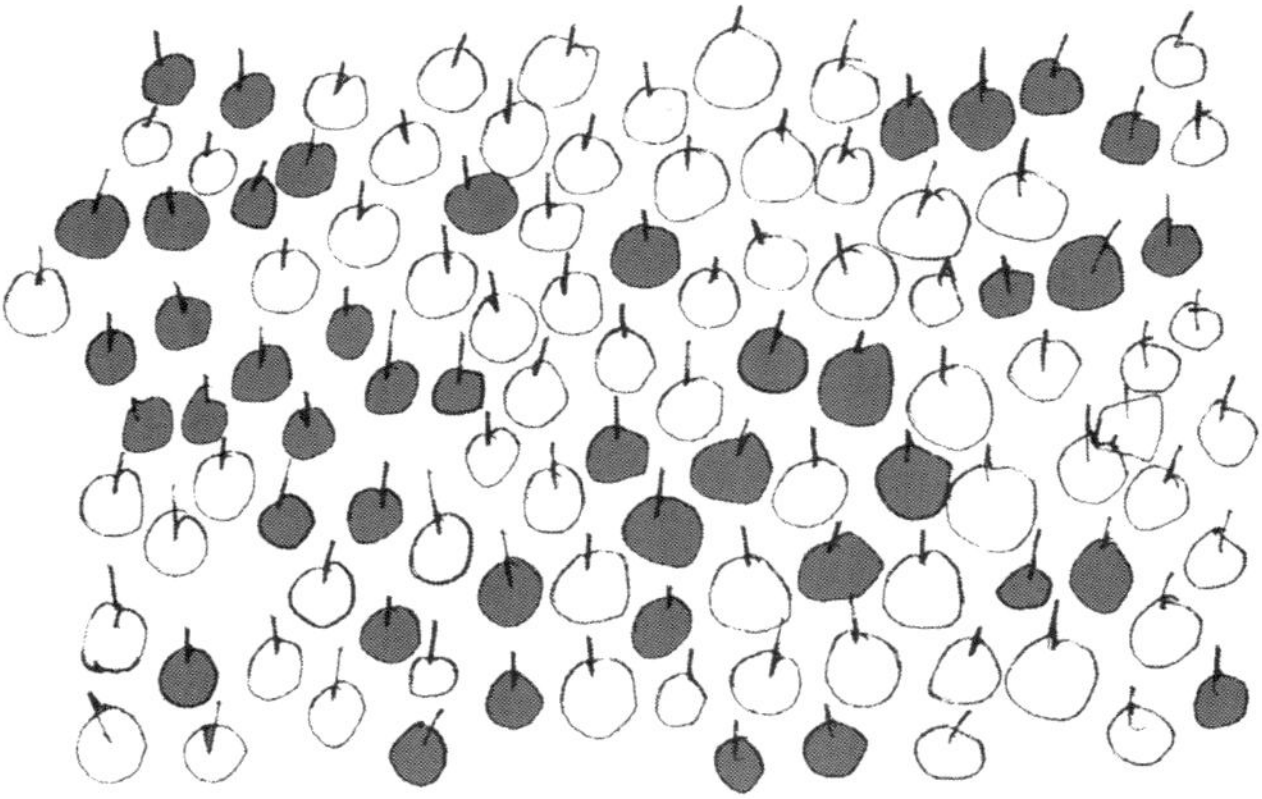

青いインクの話のつづき

自分はいま、長い物語の途中を歩んでいるところなのだと、戸島はこれまでにも何度かそう思ったことがありました。

肩にさげてきた携帯式魔法瓶のコーヒーを、気持ちを鎮めるために口にすると、迷宮を思わせる路地の中で、さて、わたしが歩んでいくこの物語はこの先どうなるのだろう、と深呼吸をひとつしました。

彼女は何か困難なことや悲しいことに出会うと、ひとまず深呼吸をするのです。彼女はそれを父親から教わりました。

「私は若いころ、とても恐ろしく悲しい経験をしたのだ――」

目を閉じると、父親の声がよみがえりました。

「一度や二度ではない。そういうとき、まずは深呼吸をした。私はそれを母に教えられた。お前のおばあさんだよ」

　おかしなことです。

　というのも、戸島はいつからか父親の顔を正確に思い出すことが出来ないのでした。どうにか思い出そうとしても、顔の中のどこか一箇所が必ずぼんやりとかすんでしまいます。

　しかし、声はくっきりと鮮やかに思い出され、父親が話してくれたいくつもの言葉と共に、声はいますぐそこで話されたかのように彼女の耳に再生されました。

「お前のおじいさんは大変な無口だったんだ」

　父親は繰り返し、そう云っていました。

「というより、ほとんど何も喋らなかった。それで、私は父親の声を覚えていない。とても残念に思うよ。だから、私はお前にたくさん話してやろうと思っている。私がこの世からいなくなっても、この声がお前の耳の中にしっかり残るように――」

　まさにそのとおりになりました。

「父が無口だったせいで、母は――お前のおばあさんは、とても苦労したのだ。なにしろ、意思の疎通というものができなかったからね。そういうとき――孤独でつらいとき、母は深呼吸をすることで気持ちを落ち着けた。日に何度も深呼吸をしたと云っていたよ。しかし、それでも父の無口はなおらない。もしかして、病気なのかもしれないと思い、喉の中を医者に診てもらったが、特に問題はなかった。それに、父はまったく喋らなかったわけではなく、ときどき思い出したように、『白いパンを食べたい』と云ったそうだ」

戸島はその言葉――父親の声を通して聞こえてくる祖父の言葉を、ときどき誰かに耳打ちされるようにして聞くのです。

「白いパンを食べたい」――と。

いまもそうでした。父親が遺した地図を広げ、戸島はその言葉を聞きながら、路地の奥を見据えていました。

地図によれば、目指しているインク工場はもうすぐそこのはずです。

ですが、とても「工場」と呼べるような建物は見当たりません。そのうえ、町はおそろしいほど静まり返り、白い月が映える青空の高いところを、名前も知らない小さな鳥が飛んで行くその羽ばたきが聞こえるようでした。

「空が青いのは海が青いからだ」

父親がそう云っていたのが思い出されました。

では、どうして海は青いのか――戸島はそこのところも訊いておくべきだったと空を見上げて首を振りました。

どうしてなのか――。

理由はわかりません。

しかし、戸島はとにかく青い色に惹かれるのです。

もし、万年筆のインクにブルーやブルーブラックがなかったら、自分は万年筆売場で働くこともなかっただろう。

ましてや、こうして万年筆のインクをつくっている工場を訪ねてみようとは思わない――祖父の声に応えるように、彼女はそうつぶやきました。

＊

戸島がそうしてインク工場を探し歩いているとき、当の工場でただひとり働いている山崎は、休憩がてら、母に手紙を書いているところでした。定期的に送られてくる林檎の礼をまずは書き、それから、いまいちど念を押すように、

「僕は毎日、インクをつくって暮らしています」

そう書きました。

「そのインクと新しいぴかぴかの万年筆をこのあいだ小包で送りました。でも、林檎と一緒に送られてくる便箋の文字は——母上さま——その文字はあきらかにボールペンで書かれたものです。どうか、一度でいいですから、僕がつくったインクを使ってみてください。このとおり、いまこうして書いているこの文字の、このインクがそうです——」

そこまで書いて、山崎は便箋を破り取り、丸めてゴミ箱の中に放り投げて頭を掻き

ました。そして、自分はこんな路地の奥で誰にも知られることなく一生を送るのだろうかと気持ちが暗い方へ引きずられていくのを自覚していました。

（大体、自分のインクを使っている人がこの世にいるのか。いや、母でさえ使わないというのに、まったくの赤の他人が、自分のような者がつくったインクを使ってくれると考える方が間違っている）

山崎がそうつぶやいたとき、不意をつくように、工場の入口の呼び鈴を鳴らす音が聞こえました。

「誰だろう――」

山崎は首をひねりながら「はい」と呼び鈴に応えました。

＊

つい昨日、送られてきたばかりなのに、一体、どうしたことなのか。

呼び鈴はいつもの配送の人で、母親からまた大量に林檎が送られてきました。配送

の人まで、

「また林檎ですか」

と、けだるそうに云いました。それほどの量なのです。もう置くところがありません。ただでさえ小さな工場に林檎が山と積まれていました。

「参ったな」

山崎が母親から送られてきた箱をあけると、箱の大きさなど関係なく、無限とも思えるほど、次から次へと赤い林檎があふれ出てきました。

それは山崎の青く染まった手を赤く染めなおすのではないかという勢いです。

山崎はあふれ出る林檎の中に母からの封書を見つけ、赤い氾濫からすくいあげるように白い手紙を手にしました。と同時に、

「ああ」

と、おかしな声をあげて立ちすくみました。

封筒のおもてに書かれた自分の名前が、まぎれもなく山崎のつくった青いインクで書かれていたのです。

山崎は箱からあふれ出る林檎もそっちのけで、餌に食らいついた青い魚のように母からの手紙をひらきました。

（拝啓――）

便箋に並ぶ母の字も、山崎が送った万年筆を使っていて、隅から隅まで青いインクで綴られていました。

（このあいだ、いつもの林檎を送ったあと、母は失敗したと気づきました。せっかく、お前のつくったインクと万年筆まで送ってもらったのに、母は机の上にころがっていたボールペンで手紙を書いてしまった。郵便局から帰るときに気づいて、それでまたこうしてあらためて手紙を書いています。すまなかったね）

山崎はその整然とした文字に驚嘆しました。

いつものボールペンで書かれた母の字とは、まったく違う字なのです。なんというか、初めて母の地声に触れたようで、文面は相変わらずなのに、思わず居住まいを正していました。

（母は決してお前の仕事を否定していません。ただ、このごろはお父さんも体がしんどそうで、こうしていつまで林檎づくりをつづけられるか心配です。これまで一度も手紙に書かなかったことですが、本当を云うと、お前に林檎づくりを手伝ってほしい。そうしたらどんなにいいだろうと思います）

山崎は字を追うのではなく、間違いなくすぐそばに母親の声を聞いていました。

＊

一方、戸島は路地裏の迷宮をさまよい歩き、路地のつきあたりに一台の黒い車を見つけるなり、吸い込まれるように車に引き寄せられました。車が戸島を呼んだかのようでした。

「アキレス――」

戸島は車のボディに取り付けられた銀色のプレート文字を読み上げました。

アキレスはギリシア神話の英雄です。戸島は子供のころから神話を読むのが好きで、それゆえ、悲しかったのです。

あの英雄がこんな路地のつきあたりで身動きできなくなっている――。

（そうなのね）と戸島は理解しました。この入り組んだ路地の迷宮は、あの神話に出てくるラビュリントスなのだと。一度迷い込んだら二度と脱け出せなくなる。

（でも――）

そうです。あの神話ではアリアドネーという娘が命綱のかわりに「赤い糸」を自分の通った道にのこしていきます。

戸島は振り向きました。

振り向いて、自分の足もと――細い路地のひび割れたアスファルト――に目をこらしました。

すると、そこに赤い糸ではなく、点々と青い何かがちょうど自分の歩いてきたとおりに打たれているのに気づきました。と同時に、遠目には黒に見えたかたわらの「アキレス」が、しだいに青みを帯びて、宇宙の色に――青の中でもっとも深遠なものを秘めた群青色に変化していくのがありありとわかりました。

戸島は路地にしゃがみ込み、路上に打たれた青い点のひとつに自分の白く細い指先を近づけました。どういうわけか、アスファルトまでもが青みを帯び、次の瞬間、ついに戸島の指先までもが青く染まるのを確かに見ました。

インクでした。

戸島にはすぐにわかりました。

それは戸島がこの世で最も美しい青であると信じて疑わない山崎がつくった青いインクに違いありません。

「あっ」

と戸島は声をあげました。その声もまた青く、いまやこの路地の迷宮は有象無象の何もかもが青いのではないかと戸島には感じられました。

しかし、路上の青い点々の正体はじつにあっけないものだったのです。

戸島の背負っていた子供用の小さなリュックサックからその青はしたたり落ち、あわてて戸島がリュックの中を覗き込むと、携えてきた山崎のインクのふたが外れていました。インクの箱を青く染め、リュックの底を青く染め、その青が行き場を失って、リュックからしたたり落ちていたのでした。

青い点々は、いわば戸島の足跡です。

(なるほどね)

戸島はただちに理解しました。

これは、わたしの赤い糸で、この青をたどっていけば来た道を戻ることができる。

この迷宮から脱け出すことができる。

でも、わたしが望んでいるのは脱け出すことではなく、この青い点々の源までたどり着くこと――。

戸島は深呼吸をひとつしました。

(お願い、アキレス。わたしをこの青の始まりのところへ連れて行って)

そのときでした。

陽がかげって青い空気に支配されていた路地の向こうから、赤い小さなものが転がってくるのが――それも次々と果てしなく転がってくるのが見えました。

林檎でした。

熊の父親

熊の父親が旗の店を営んでいることは、皆、知っていたのでした。

ただ、その店というのが実際のところ、商店街のどこにあるのか、どのような店であるのか、いえ、そんなことより、なぜ、彼が皆から「熊の父親」と呼ばれているのか、何ひとつ判然としていません。

しかし、熊の父親はいつのまにか、東商店街にその名も〈旗屋〉という店を登録し、新聞の折り込み広告で、

「どんな旗でもつくります」

と宣伝していました。

広告に住所はなく、ただ電話番号があるばかりで、その番号に電話をかけてみると、

「もしもし」と、いかにも熊の父親といった声色で応対するのです。

「こちらは〈旗屋〉でございます。どんな旗をつくりたいのでしょうか」

いきなり、単刀直入に訊いてくるのでした。

電話をかけた依頼者が、どんな旗であるか説明しようとすると、

「ええと、あの――」

「お話は五丁目の空き地でいたしましょう」

依頼者の話をさえぎるように、熊の父親は低くくぐもった声で云うのでした。

五丁目の空き地というのは、東商店街の近くに住んでいれば誰もが知っている広大な空き地です。もとは小学校が建っていたのですが、いつからか町に子供たちがいなくなり、ある日突然、更地になってしまったのです。

「荒野――」

と誰かが云いました。

「あそこは空き地というより荒野だな。いつも風が吹き荒れて、木の一本も生えやしない」

そのとおりでした。

そんな荒野の片隅に熊の父親は、「ここが〈旗屋〉の受付です」と書いた旗を掲げ、その白い小さな旗が荒野に吹く風に音をたてて、はためいていました。

「あの――」

と依頼人が訪ねてきます。

「電話をした者です。旗を注文したいのですが、こちらでいいのでしょうか」

「無論、そうです」

熊の父親は焦げ茶色のジャケットを着て黒い帽子をかぶり、古びた黒ぶち眼鏡をかけた本物の紳士でした。

「熊――ではないのですね」と依頼人が確かめますと、

「ええ。私は熊ではなく、熊の父親です」

少々、憤慨したように熊の父親は答えました。

「こんなところに、お店があるなんて驚きました」

依頼人が周囲の荒野を見わたしながら云いますと、

「いえ、ここは店ではなく受付なのです」

熊の父親は、さらに憤慨して云いました。

「見ればわかるでしょう。ここには旗をつくる道具も机も材料もたい。そういったものはすべて商店街の店にあるのです」

かならずそう説明していましたが、実際には商店街に旗の店はなく、これまでに熊の父親に旗を依頼した誰もが、

「荒野の受付には行ったけれど、店には行かなかったね」

と証言するのでした。

「でも、そんなことは、どうでもいいんだよ。とにかく、できあがった旗が素晴らしかったからね」

誰もが旗の出来栄えを賞賛しました。

そのほとんどは商店街に軒を連ねる店々の旗でしたが、最初に酒屋の大将が熊の父親に自分の店の旗をつくってもらい、それがあまりに素晴らしかったので、米屋も魚屋も肉屋も花屋も本屋もクリーニング屋も、皆、競い合うように熊の父親に旗をつく

ってもらいました。

意匠はそれぞれでしたが、「われわれは同じ東商店街で商う仲間である」と、思わずそんな意識が芽生えてしまうような、絶妙な統一感がありました。

＊

この東商店街に、あたらしく店をひらくべく、一人の男があらわれました。

山田という名のひどく痩せた男で、無口で愛想もなく、家族も友人もいない、どこからどう見てもさみしい男です。

山田は大変な「雨男」で、アパートの部屋にいるときはいいのですが、ひとたび、どこかへ出かけて行くと、その先々でかならず恐ろしいばかりの雨が降ります。

その自分の背負い込んだ雨によって、山田は家族を失い、友人を失い、自らの希望すらも失ってしまいました。まずは、いいところのない山田なのですが、彼はしかし青年のころより、非常に美味なる焼売《シューマイ》をつくる手技を持っていました。

誰に教わったわけでもありません。

山田は焼売というものを、さまざまな面から好み、もちろん食べ物としても申し分ないと思うのですが、焼売というのはまず蒸すもので、蒸しあがったときの湯気であるとか、香りであるとか、顔に湯気を浴びて眼鏡がくもる感じであるとか、そうしたものをすべて愛おしく感じていました。

山田は、さまざまな中華料理店で修業をし、さまざまな焼売のつくり方を習得したうえで、結局、誰に教わったわけでもない自分なりのつくり方が一番であると確信しました。それで、ようやく店をひらく決心をしたのです。

「旗をつくったらいいよ」

肉屋の主人が山田に助言しました。

「この商店街では、店の名を書いた旗を店先に立てるのが、いつからか暗黙のルールになってる」

「旗——ですか。どこでつくればいいのでしょう？」

「熊の父親に頼んだらいい」

「熊の?――」

「ああ。番号を教えてやるから電話をかけてごらん」

それで山田はさっそく熊の父親に電話をしたわけです。

「もしもし」と熊の父親はいつもの低い声で電話に出ました。

「もしもし」と山田もまた低い声を出し、「あの」と云いかけると、

「こちらは〈旗屋〉でございます。どんな旗をつくりたいのでしょうか」

そう訊かれて山田は、「それが、よくわからないのです」と正直にそう答えました。

「そうですか、ではとにかく受付まで来てください。五丁目の空き地で待っていますから」

「いますぐですか」

「ええ、いますぐです――」

「では」と山田は電話を切り、そそくさとアパートの部屋を出ると、すぐに雲行きが怪しくなってきて雨が降り出しました。

五丁目の空き地に到着するころには本降りとなり、小さなテントを張っただけの受

付を容赦なく激しい雨粒が叩きつけていました。

「すみません」と山田はすまなそうに頭をさげました。

「いや、なんのこれしき」と熊の父親はかぶりを振り、「それより、どんな旗をつくりたいのだ、どんな店をひらきたいのか、ひととおり話してごらんなさい」と低い声で云いました。

「そうですね」――山田はしばらく考えてから、途切れ途切れに話し始めました。

「ぼくは、ただ焼売の店をひらきたいのです。他には何も売りません。ただ焼売だけを蒸して、ただ焼売だけを売る」

「なるほど」と熊の父親は山田の話を〈旗屋〉の折り込み広告の裏に書きとめました。

「つまり、焼売の専門店というわけです」

「なるほど。では、種類などはどうなっているのでしょう？　たとえば、蟹焼売であるとか、海老焼売であるとか」

「いえ」と山田は大きく首を横に振りました。「焼売はただ一種類だけです。というのも、自分はその一種類だけしかつくれないのです」

「ほう」と熊の父親は山田の言葉を漏らさず書きとめました。「でも、ただの焼売だけではどうも面白みがありませんね」

「いえ、ただの焼売――しいて云いますと、山田焼売でいいのです」

山田がそう云ったとき、ちょうど雨が激しくなり、「山田焼売」という名前が熊の父親には聞きとれませんでした。

「なんですって？」

「山田焼売です」

「山田――焼売ですか」

「そうです」

「なるほど。では、旗はどうしましょう」

「それだけでいいのです。〈山田焼売〉と四文字だけで――」

熊の父親は〈山田焼売〉とボールペンで書きとめました。

「よくわかりました」

しかし、本当のことを云うと、あまりに簡潔すぎて、どのような旗をつくったらいいのか、何らひらめくものがなかったのです。

もっと云うと、熊の父親は焼売というものにさして思い入れがなく、ただ一種類のみの、おそらくはシンプルきわまりない焼売を売るというのが、はたしてうまくいくものなどうか大いに案じるところがありました。

「一度、見せてください。山田さんが焼売を蒸しているところを」

山田はそのとき、さて、どうしたものかと考えました。

これまで誰にも焼売を蒸すところを見せたことがなく、そもそも見せるものではないと思っていたのです。にもかかわらず――、

「いいですよ」

どうしてなのか、そう答えていました。

＊

三日後に、熊の父親は山田の店を訪ねてきました。開店準備中でありながら、すで

に隅々まできれいに整えられ、厨房には所狭しと蒸し器が並べられていました。

というより、蒸し器を並べるためにあまりに面積をとってしまうので、客の座るところがほとんどありません。

「ですから、持ち帰り専門店にしようかと思うのです」

「なるほど」

熊の父親は山田の言葉を持参した折り込み広告の裏に書きとめ、その胸中において、いよいよ、この店はうまくいかないのではないかと感じました。

しかし、それでは駄目なのです。

旗をつくるからには、旗によって皆に知らしめるものを、旗の作り手である熊の父親が、「これはなんとしても世間に知らしめたい」と強く願うようでなければうまくいきません。

十五分が経過しました。

次第に厨房のあちらこちらから湯気がたちのぼり、ほどよい甘さを孕んだいい香りが熊の父親の鼻腔まで届きました。

それは熊の父親がこれまで認識してきた焼売の香りとはまったくの別もので、懐かしいような、安らぐような、温泉につかるときのような心地よさを孕んでいました。なんというか、これさえあれば他に何もいらないのではないかという安心感が熊の父親の体にしみわたり、その湯気だけで、〈山田焼売〉の美味しさと奥深さを感じとったのです。

熊の父親は、船が転覆したとき以来、はじめて大粒の涙を流しました。大事に育ててきた仔熊を船で動物園に運ぼうとしていたのです。しかし、遂行できませんでした。以来、救命ボートの上で振りつづけた白い旗――自分を救った「旗」というものに関わる仕事をしようと思い決めました。

湯気の中で二人は黙っていました。

湯気に隠れて互いの姿は見えません。

しかし、何かが始まるのだと、二人は湯気の中でそれぞれに予感していました。

つづきはまた明日

〈ツアー〉を申し込んだのは彼の姉でした。

姉は彼が休みの日に家にとじこもって本ばかり読んでいるのを憂い、彼に内緒で、「映画鑑賞旅行」に応募したのです。

大変な倍率でした。しかし、その難関をくぐり抜けて、見事、当選したわけです。

チケットが彼のもとに送られてくると、それは昔風の意匠で、用紙もインクもざらっとして、映画のタイトルはシルクスクリーンで刷られていました。

『狼は月を見た』

これが今回の〈ツアー〉で上映される映画のタイトルです。
一、古い映画であるということ。

二、モノクロ作品であること。
三、ヨーロッパの、とある小さな国でつくられた映画であること。
以上がチケットと共に鑑賞者に伝えられたわずかな情報で、これ以外のことは何ひとつわかりません。

ただ、基本的な規則があり、上映される映画は、紛失してしまったもの、あるいは意図的に破棄されたものに限られていました。そうしたいわゆる「失われたはずのフィルム」が、どこからか発掘され、〈ツアー〉では発掘後の世界初上映が行われるのです。

〈ツアー〉というのは、この発見された映画を鑑賞するための小さな旅行のことでした。チケットは映画の鑑賞券と旅行券を兼ねており、三泊四日の宿泊券もセットされています。

こうしたことは、この〈ツアー〉が世界に先駆けて考案したもので、映画を鑑賞するために旅行をし、おいしい食事をしたり、街での愉しみを交えたりして、少しずつ三夜に分けて観ていくという趣向です。

具体的に云うと、三つの地方都市をまわり、それぞれの街にある、あらかじめ指定された映画館で夜の一時間ほど映画を観るのです。その他の時間の過ごし方は鑑賞者の自由で、つまり、自由な旅をしながら、夜の一時間だけ映画を観る。およそ三時間の映画を、三つの街で連続ドラマのように観ていくわけです。

＊

彼は郵便局の仕事を休み、小さな旅行鞄に着替えの衣服と読みかけの本を詰めて旅立ちました。

チケットに示された午後の最初の特急列車に乗り込み、二時間ほどかけてD町に到着したのですが、彼は列車の窓から外の風景を一度も見ることなく、読みかけの本を読みつづけていました。

駅に到着すると、彼はまっすぐ指定されたホテルに向かいました。

チェックインを済ませて三階の部屋にはいるなり、姉から贈られた腕時計をじっと見つめ、映画の上映まで、あと四時間あることを確認しました。

窓にさがったカーテンの隙間から外の様子を見おろしたところ、にぎやかな街には多彩な服を着た人たちが行き交っています。

仮にカーテンを閉じ、耳の奥で姉の声が再生されるのを聞きました。

（いい？　街に出て旅を楽しまないと）

彼はいま一度、カーテンの隙間から街路を眺め、なるべく人のいないところを見きわめると、読みかけの本をコートのポケットに入れてホテルを出ました。

彼は郵便局で働いてきた経験から、街を把握するのが得意で、窓から見た印象だけで、人のいないところの見当がつくのです。

そのあたりは大きな通りから二筋離れていて、商店がまばらで、コーヒーを飲ませるところも地味なつくりでした。

彼はそのコーヒー店のカウンター席に座り、メニューを吟味すると、いちばん安いコーヒーに、シチューとロールパンがセットされたものを注文しました。ひと息つくと、カウンターの隅に座っている先客に気づき、ちらりとそちらを見て、ポケットから本を取り出しました。

先客は彼と同じ年ごろの青年で、やはりカウンターにもたれて本に読みふけっていました。ふいに本から顔を上げて彼の方を見やり、次の瞬間、お互いに相手の読んでいる本と自分の読んでいる本が同じものであることに気づきました。

（ふうん）

それぞれに思いました。

しかも、先客は彼が頼んだシチューのセットとコーヒーをすでに頼んでいて、まったくの偶然なのか、それとも趣味嗜好が似ているのか、なんとなく居心地がいいような悪いような、妙な心持ちになりました。

＊

映画はタイトルからあらかた予測してはいたのですが、若い雄の狼が主人公で、群れから離れて、ただ一匹で荒野や森林地帯をさまよう旅に出るところから始まりました。放浪の途中で大きな川に行く手をはばまれ、途方に暮れた場面で、一日目の上映は終わりました。つづきはまた明日です。

館内に明かりがつき、それとなく彼が客席を見渡していると、自分が座っていた列の端に、コーヒー店で見かけた「先客」が座っているのに気づきました。

この上映は〈ツアー〉の参加者だけに向けた特別なものでしたから、「先客」もまた難関をくぐり抜けてチケットを手に入れたのでしょう。

「先客」もまた彼に気づき、用心深そうな視線を向けるその様子が、

(なんだか、自分に似ている)

と彼はそう思いました。

＊

翌日は朝早くにチェックアウトし、まっすぐ駅に向かって予定どおりの特急列車に乗り込みました。およそ二時間をかけて次の街に到着し、彼は早々にホテルに直行し

て、部屋で本のつづきを読みました。

しかし、どういうものか、昨夜観た映画のイメージが頭にこびりつき、本の内容と混同して、いっこうに読み進めることができません。

彼はまたカーテンの隙間から街を見おろし、昨日と同じように見当をつけて街へ繰り出しました。コートのポケットに本だけを入れ、路地裏のそのまた裏にあるコーヒー店のカウンター席にたどり着いて苦笑しました。

（どの街にも、似たような店があるものだ）

胸のうちにそうつぶやいたとき、カウンター席に昨日と同じ「先客」がいて、昨日と同じく本に読みふけり、そのかたわらにはコーヒーとシチューと皿に載ったロールパンがありました。

彼は少し迷いましたが、やはり同じものを注文し、ポケットから本を取り出して、つづきを読みました。しかし、どうしても頭にはいってきません。首を振り、それから観念したように本を閉じると、「先客」に向かって、「あの」と声をかけました。

「つかぬことをうかがいますが――」

「はい」と先客は青年らしい声で応じました。

「あなたは——その——弟でしょうか?」

「はい?」と先客は一瞬、彼の質問に戸惑い、しかし、すぐに理解すると、「ええ、そうです。僕には姉がいますから、僕は弟ということになります」と答えました。

「やはり、そうですか」

それで彼はひとまず満足しました。なんとなく、そんな気がしたのです。

「となると、もしかして」と彼はさらに訊ねました。「今回の〈ツアー〉に応募したのは——」

「ええ、姉です。姉は僕が本ばかり読んでいるのを気にして、僕に内緒で応募してくれたのです」

「そうでしたか」

彼は目の前に運ばれてきたコーヒーに口をつけ、妙な充足感を覚えると、「そうでしたか」ともういちど繰り返し云いました。

＊

二晩目の映画館は築百年をこえた古びた建物で、壁に反響する狼の遠吠えが切なく身に沁みました。白い息を吐きながらスクリーンを横切る狼は群れから離れてしまったことを後悔しているらしく、彼にはその思いが手に取るようにわかりました。

（この狼ははたしてどうなるのだろう？　群れに戻るのか、それとも新しい仲間を見つけるのか）

行く末を案じるうち、二日目の上映が終わって、つづきはまた明日となりました。

終映後、彼は自分の列の端に「先客」の姿を探しました。しかし、そこには見当たらず、「先客」はいちばん後ろの列のいちばん端にいました。

「ああ」と彼の視線に気づくと手をあげ、「また明日」と会釈するなり、いかにも身軽そうに立ち去りました。

彼はその後ろ姿を見送ってホテルに戻ると、本をひらくことも忘れて部屋の天井を眺めながら、これまでにあったことを脈絡なく思い返していました。

子供のころの時間がなぜあんなに長かったのか、なぜあんなに空気が冷たかったのか。またその一方で、なぜ本を読むときは胸のあたりがあたたかくなったのか。

考えはとめどなく溢れてきました。

＊

最後の日も同じ繰り返しです。ホテルを出て昼の特急に乗り、次の街に到着して部屋の窓から街はずれの静かな区域を見つけ出しました。

コートを羽織り、場末と云っていいところをうろつき、コーヒーが飲める店にたどり着くと、カウンター席には、やはり「先客」がいました——。

「ああ」と二人はどちらからともなくそう云い、躊躇なく隣り合わせの席に座っていました。コーヒーを飲み、ロールパンをちぎってシチューにひたして食べ、

「今日で終わりですね」

彼がそう云いました。「先客」は黙ってうなずき、それから、

「どうなると思いますか、あの狼」

映画のつづきについて推測しました。

「狼はきっと群れに戻りません。僕もです」

突然、「先客」がそう云いました。

「というと？」

「僕はここでコーヒーを飲んだら、今夜の映画は観ずに、次の知らない街へ行こうと思います。もし、映画を終わりまで観てしまったら、それで僕の旅も終わりです。僕はそれを望みません。このまま、どこまでも旅をつづけたいのです――」

「でも、それでは、お姉さんが悲しむのではないですか」

「いえ、姉はきっと僕がそうすることを望んでいると思います」

（そうなんだろうか）と彼は考えました。

その問いは「先客」と別れて部屋に戻ったあとも反復され、ついに映画を終わりまで観たあとも繰り返されました。

映画の中の狼は夜の丘で月を見上げます――。

月の光は透明な水のようにあたりをひたし、狼は自らの足もとに果実がひとつ転がっているのに気づきます。モノクロの映画ですから、果実の色はわかりません。しかし、それはおそらく月と同じ色をしているのでしょう。

飢えた狼は果実をかじりました。

その顔には空腹が潤された喜びがあらわれ、にもかかわらず、狼は苦いものを口にしたときのように顔をしかめていました。

その最後の場面を思い出しながら、彼はホテルの窓から街を見おろしていました。

空には果実のような月が浮かんでいます。

（このたったいま、あの月をどれほどの人たちが見上げているのだろう――）

夜行列車の汽笛の音が遠くに聞こええました。

三人の年老いた泥棒

泥棒です。

月の光を浴びていました。

三人組なのです。

いつからでしょう、もう長いあいだ、この三人で泥棒をしてきました。

そして、三人は年老いたのです。年老いた泥棒というわけです。

泥棒というのは、世間の皆さまに顔を見せてはならないのです。そう胸に刻んで長い時を過ごしてきましたので、三人には、もう顔というものがなくなり、頭部のかたちはそこにあるのですが、目鼻や口といったものは、最早、判然としません。

若いときは、三人それぞれに体の特徴というものがありました。

痩せていたり、太っていたり、背が低かったり、髪が短かったり長かったり――。

しかし、いつからか三人は同じ体つきの同じ背丈の同じ髪型をした三人になりました。はっきり云ってしまうと、ただ黒いばかりの三つの影になってしまったのです。

手足がひょろりとして、申し訳程度に頭に小さな帽子をのせ、まったく同じ姿かたちの影が三つ、月の下で何やら話し合っています。

「さぁ、今夜はどうしよう」

「いったい、何を盗んだらいいのやら」

「いや、もう盗みたいものなど、ひとつもないよ。もう沢山だ」

「いや、しかし――」

「われわれは泥棒なのだから」

「そう。泥棒であるからには、何かしら盗まなければ――」

「それが仕事だからね」

三人は疲れきっていました。

彼らはすでにこの世から、ありとあらゆるものを盗んでおり、「ありとあらゆる」

というのは、この世のすべて、という意味で、そのとおり、彼らはこの世のすべてを手に入れ、もう何も盗むものがないのです。

のみならず、何かが「欲しい」とか、何かを「手に入れたい」とか、「自分のものにしたい」、「所有したい」といった欲望そのものが消えていました。

ですから、単に自分たちが泥棒でありつづけるために盗む仕事をつづけているというのが本当のところなのです。

＊

「じゃあ、こういうのはどうだ」

三人の泥棒のうちの一人が云いました。

「美術館に展示された絵の中から、夜空にまたたいている星だけを盗みとる」

「なるほど」ともう一人。「絵を盗むのではなく、絵の中の星だけを盗むのだな」

「いいね」ともう一人。

「よし、決まりだ」

さっそく、三人は町はずれにある美術館へ向かいました。

彼らはこれまでに、この美術館からさまざまな絵画や彫刻を盗んでいましたから、警備の目を盗んで忍び込むことはお手のもので、絵の一枚や二枚なら、鼻唄まじりで持ち去ることができました。

しかし、絵をそのまま持ち去るのではなく、星だけを取り出して盗みとっていくのですから、これまでと少し勝手が違います。

三人はするりと館内に侵入し、まずは何が展示されているのかを確認しました。

すると、現在は、

〈D町の画家たちによるD町の百年〉

という展覧会がひらかれていて、〈D町〉というのは、この美術館のある、まさにこの町のことですから、この町に生きる――あるいは「生きた」――画家たちが、自らの町を描いた絵画展のようでした。

「悪くないね」と泥棒の一人が満足そうに云いました。

「うんうん。つまりさ――」

「絵の中に描かれているのは、この町の百年ということになる」

「そのとおり。そして俺らがいただいていくのは」

「この町の百年の空に輝いた――」

「百年分の星というわけだ」

「いいね」

彼らは三つの影となり、展示室を隈なく歩きまわって、特殊な眼鏡で展示してある絵を一枚一枚確認していきました。

この特殊な眼鏡は暗闇の中でも昼間のように明るく見える魔法の眼鏡で、これもまた、どこかの科学研究所から盗み出してきたものでした。

「見えるか？」

「ああ、見えるよ」

「しかし、ざっと見た感じでは夜空を描いた絵は、そうあるものではないね」

「ふむ。確かに」

「しかし、沢山あったらあったで困りものではないか」

「それもまた確かに――」

そうなのでした。

たとえば、「満天の星」などという絵があったら、その絵の中に描かれた星は数えきれないほどの数になります。それをひとつひとつ取り出さなくてはならないのですから、大仕事です。

「全部、盗まなくてもいいんじゃないか？」

「いや、それでは面白くないよ。俺たちはいつだって、狙った獲物は根こそぎありったけいただいていくのが流儀だ」

「そうだな」

「そうだよ」

＊

しかし、いざ取りかかってみると、それは予想以上に大変な仕事なのでした。

まさか、こんなことになるとは思っていなかったのですが、D町というのは、その昔、「星降るところ」などと呼ばれ、大変に星がきれいに見える町だったのです。ですから、画家たちもここぞとばかりに腕をふるい、空にひろがる数えきれないほどの星を、数えきれないほど、しっかり描いていました。

「おい、夜空を描いた絵は、そうあるものではないと云ったのは誰だよ？」

「すまん。入口の方にあったのはどうやら最近の絵で、どうも、会場の奥へ行けば行くほど――つまり、百年前に向かって、さかのぼればさかのぼるほど、夜空の絵が多くなっていく」

「なるほどね。ようするに、昔は星が沢山見えて、夜空がきれいだったわけだ」

「そういうことだな」

「みんな、気づいていないんじゃないか？」

「気づいてないよ、たぶん」

三人は苦笑しました。

「おかしな話だね」

「まったく」

「泥棒の俺たちしか気づいていない」

「いや、ちっともおかしくないだろ。泥棒っていうのは、この世の価値あるものを誰よりも知っているんだから」

「直観でね」

「そう、直観だよ。理屈じゃない。しかも面白いことに、価値は移り変わっていく。誰も見向きもしなかったものが、突然、高く評価されたり、信じられないほど高値で取り引きされていたものが、一夜にして二束三文に成り下がる」

「しかし、俺たちの直観はいつでも、世間の先を行っていた——」

そうなのです。彼らが盗んだものの多くは、盗まれた当初、

「なんで、あんなガラクタばかりを?」

と美術館や博物館の学芸員が失笑するくらいでありました。

ところが、それから数ヶ月経つと、突然、盗まれた展示品の価値が世界的に高まり、

結果として、三人の泥棒は大きな賭けに勝ったような喜びと利益を得ることができたのです。

「でも、今夜のこれはどうなんだろう」

「本当に価値あることなのか」

「いや、すでに驚くべき発見だと思うね。絵の中から取り出した星は本物の星と同じように光っている――」

この現象は、まだ世界中の誰も知らないことでした。

絵の中から絵に描かれたものを取り出すには大変な技術を要し、それゆえ、長いあいだ「盗み出すこと」を仕事にしてきた彼らにしかできないことでした。しかも、絵から出てきたものは、絵の外に出た途端、本物になるのです。

「本当にそうなんだろうか」

「よし。試しに、この『テーブルの上』という絵に描かれているコーヒーをカップごとこちらに取り出してみよう。取り出した星が輝くように、取り出したコーヒーは湯気をたてるのかどうか――」

結果は湯気をたてました。入れたてのコーヒーのいい香りが漂い、

「飲んでみるか」

おそるおそる飲んでみると、味もしっかりとコーヒーのそれなのでした。

「これは大変な発見じゃないか」

「俺たちにしかできないことだ――」

「そう。長年、泥棒をつづけてきた俺たちにしかできないことだよ」

＊

美術館に展示された夜空が描かれた絵の中から、すべての星をそっくり取り出すまで、およそ二時間を要しました。途中、取り出したコーヒーを飲みながら休憩し、取り出した洋梨を取り出したナイフで皮をむいて食べました。

「こいつはいいね」

「世間の皆さまに教えてあげたいよ」

「この技術を習得すれば、みんな、この先、食うものに困らなくて済む。何か食べたくなったら絵に描けばいい」

「いや、しかし、技術を習得するのは簡単じゃないだろ？」

「そうだな。なにしろ、俺たちみたいに何十年も泥棒をつづけなくてはならないんだから――」

彼らは影にしか見えない体のどこかから、自分の分身のような黒い大きな袋をそれぞれに取り出しました。そして、その袋の中へ絵の中から盗みとったさまざまな色かたちをした星を詰め込み、

「では、引きあげよう」

影のように美術館から退散し、その五分後には電波塔のパノラマ窓から町を見下ろして空を見上げました。

「こりゃ、ひどいね」

「絵の中とは雲泥の差だ。いつから、どうしてこうなった？」

「欲望の結果さ」

「じゃあ、俺たちと同じじゃないか」

「そういうことだ。みんな泥棒なんだよ。おのれの欲望を優先して、この町でいちばん美しいものを百年かけて盗みとった。この町の夜空から、美しい星をひとつ残らず消し去った」

「いやはや、まったく――」

「ま、仕方がない。今夜は俺たちがお返しをしてやろう」

「そうだな。さんざん、奪い取ってきたんだ。たまには、お返しするのもいいだろう」

そう云って三人の泥棒は絵の中から盗んできた、この町の百年の星々を、黒い袋の中から空へ向けて放ちました。

百年ぶりの晴れやかな満天の星です。

冬の少年

冬になりました。

いや、まだ冬にはなっていないよ、と笑っていた人たちも、クローゼットから取り出してきた樟脳の匂いがのこるコートを羽織り、背中を丸めて白い息を吐きながら街を歩いています。

博物館で働いているヤマコシも、そのひとりでした。

彼は市営博物館の特別調査記録係に任命され、毎日、博物館の倉庫に保管されているさまざまなもの——それは、ほとんどこの世のすべてと云っていいのですが——を、ひとつひとつ確認してはノートに記録する仕事をつづけていました。

かれこれ、八年ほどつづけてきたでしょうか——。

ですから、すでに仕事には慣れていましたし、博物館のいちばん奥にある誰も訪れることのない小部屋で、ひとり黙々とノートをとっていくのは、(自分に合っている)とヤマコシはいつからかそう感じていました。

ただ、ひとつだけ残念なことがあり、それはヤマコシの暮らしているアパートから博物館までが大変に遠いのです。

まずはアパートから駅まで二十分ほど歩き、決まった時間の汽車に乗って、一時間と十五分の距離にある〈タチバナ〉という駅に向かいます。

〈タチバナ〉は、非常に大きなターミナル駅で、駅の南側から北側まで十五分をかけて歩き、そこから市営地下鉄に乗り換えて、二十分後にようやく〈博物館前〉に到着します。

しめて二時間十分。

午前九時の朝礼に間に合うためには、朝の四時に起きる必要がありました。

いえ、普通に考えると、いくら遠いとはいえ、四時に起きるのは早すぎるように思われます。しかし、これには理由があるのでした。

ヤマコシはこうした通勤の日々を重ねるうち、汽車の中で過ごす時間が重要であると気づきました。往復でじつに四時間二十分が費やされるわけですし、その時間の中で、何かひとつでも自分にとって大事なことをできないものかと考えたのです。

(食事だ)

ヤマコシは早々に結論に至りました。

(食事こそ、仕事の次に大事なことだよ)

もちろん、他にも小さな楽しみはあります。

たとえば、書き心地のいい万年筆とインクを使って、故郷の家族や、ただひとりの友人に手紙を書く時間は、ひとりきりであることを忘れさせてくれる愛すべき習慣でした。

けれども、そうした小さな楽しみの中で、最もヤマコシを幸福な心地に誘うのは、食事をすることでした。

食材を吟味するところから始まり、少しずつ買い揃えた調理器具を使って、自分で料理をしていく——その過程のすべてが喜びであり、当然ながら、その先には食べる喜びがありました。その美味しさに、思わず「ああ」と感嘆のため息がもれてしまうことも、しばしばです。

ヤマコシは友人に送った手紙にこんなことを書いたことがありました――。

ぼくはこの街に来てから、ずっとひとりで暮らしてきた。ここには知り合いはいても、友人と呼べる者はいない。これは、君もよく知っているぼくの性格によるものだろう。ぼくは、見知らぬ人と話すのが苦手だし、ぼくの方から話しかけない限り、誰かがぼくに話しかけてくるということもない。きっと、これが生涯つづくのだ。となると、ぼくは自分で自分を楽しませるより他ない。その結果、「料理」というものに行き着いた。

自分で料理をして自分が美味しいと思えるものを食べること。

これ以上、確実に、そして日常的に自分に喜びを与える術はないと思われる。

そうしたわけで、彼は毎日午前四時に起床し、顔を洗って熱い紅茶と一緒にクラッカーを食べると、おもむろに出勤途中の汽車の中で食べる弁当をつくり始めました。その弁当はつまり朝食ということになるわけですが、昼食ならともかく、朝食の弁当をつくる者はあまりいないかもしれません。

これにもまた理由がありました——。

ヤマコシが乗る汽車は、発車してから三十分ほどはそれなりに混んでいるのですが、三十分を過ぎて到着する〈オオジカ〉という駅で、ほとんどの客が降りてしまいます。車内に残るのは、ほんのひと握りの人数で、したがって、弁当の包みをひらいて食事をしても、周囲の視線を集めることは、まずありません。

というより、いつからかヤマコシは車中でどのように過ごしたらいいのかわからなくなっていました。

(それなら、自分がいちばん喜びを感じる「食事」をするのがいいだろう)

そう考えたわけです。

それにしても、ヤマコシはとても丁寧に弁当をつくりました。

メニューはおよそ決まっていて、じっくり時間をかけて野菜と肉の煮込み料理をつくり、それを自分で焼いた白く大きなパンに挟んで完成です。簡素と云えば簡素なものですが、毎日、繰り返しつくるうち、（どうすれば、より美味しくつくれるだろう？）と考察を重ね、日々、完成度が増しているのでした。

別の云い方をすれば、毎日、違う味がして、それが日に日に美味しくなっていくのです。実際、ヤマコシは繰り返される一日の中で、弁当を食べる時間に最も充実感を覚え、これこそ自分にふさわしいささやかな幸福なのだと満足していました。

＊

月曜日の朝は雪が降っていました。

降りしきる雪の中を汽車は走り、窓の外に白い風景がひろがっています。

車内は暖房装置によって、ほどよくあたためられていましたが、ヤマコシが窓ぎわの席で息を吐くと、車内であっても、息がはっきりと白く見えました。

ヤマコシはこのようにして、自分の住む小さなアパートと、そこから時間にして二時間十分離れたところにある古い博物館とを往復し、行きの汽車の中で自前の朝食をとるという生活を、五年間、繰り返していました。

苦ではありませんでした。

不思議なもので、きちんと毎日そっくり同じように繰り返されていくことがヤマコシには快く、むしろ、思いがけないことが起きると、わけもなく心臓が高鳴って、どうしていいかわからなくなってしまうのです。

その月曜日に、そんなことが起きました――。

それはちょうど〈オオジカ〉の駅を過ぎて乗客のあらかたが下車し、いつものようにヤマコシが革鞄の中から弁当の包みとポットに詰めたコーヒーを取り出そうとしたときでした。

視界の隅に一人の少年の姿がありました。

ヤマコシのいる席から見て、逆の側の窓ぎわに少年は座っていて、おそらく学生なのでしょう、それらしい紺色の制服を着ていました。

しかし、よく見ると、制服はアイロンがかかっていないのか、ずいぶんと皺だらけで、ひじのあたりの生地が薄くなって、いまにも抜けてしまいそうです。

少年は一人きりで四人がけの椅子のひとつに座り、すぐに鞄から本を取り出してページをひらきました。少年の手の中にちょうどよくおさまる小さな本で、なんという題名なのか、ヤマコシの座っているところから少しばかり距離があるので読み取ることはできません。少年は本をひらくなり夢中になって読み始め、ヤマコシの視線に気づくこともなく、ひたすら本を読みつづけていました。

その様子にヤマコシは目を奪われました。

(どうしてだろう)

少年が本を読んでいる、ただ、それだけのことなのに――。

(雪が降っているせいだろうか)

少年の向こうには、ただ白いばかりの風景がひろがっていました。

汽車は〈オオジカ〉であらかたの客を降ろすと、節電のために車内灯の半分を消すのが習わしになっていて、車内が薄暗くなって、より白い背景が際立ち、少年のシルエットを輪郭の隅々までくっきりと浮かび上がらせていました。

汽車はひたすら白い景色の中を走っていました──。

どのくらい時間が過ぎたでしょうか。

それまで、ひたすら本を読みつづけていた少年がふいに顔をあげ、窓の外の景色に初めて気づいたというふうに見入っていました。

長いあいだ、少年はそうしていましたが、そのうち、身支度を整え始めると、〈タチバナ〉のふたつ前の駅で汽車を降りていきました。

少年の座っていた席は、なにごともなかったかのように空席となり、ヤマコシはしばらく頭がぼんやりとして、弁当を食べることさえ忘れていました。

*

翌日の火曜日は博物館の休館日で、ヤマコシはいつものように早い時間から起き出して、二年ぶりに母親に手紙を書きました。

ヤマコシの母はしきりに彼に見合いを勧めていたのです。

（こちらにいいお嬢さんがいるから、一度会ってみない？）

母親はたびたび手紙にそう書いてきました。

その返事をヤマコシは二年間もやり過ごしていたのです。当然、郷里に帰ることもありませんでしたし、電話で話すことも避けてきました。

（今度、春に帰ったときに——）

ヤマコシは母への手紙に書きました。

（そのお嬢さんにお会いできたらと思っています）

それは体の底から立ち上がってきた偽りのない思いでした。

ヤマコシは、汽車の中で本を読んでいた少年を見かけたことで、この街へ来たばかりのころの自分を思い出していたのです。

（あのころは行き帰りの汽車の中で自分も本を読んでいた。いったい、いつから読まなくなってしまったんだろう——）

ページをひらくことは世界をひらくことでした。

ヤマコシはひとりで暮らし、ひとりで考えて、ひとりで問題を解決することに慣れていましたが、そのかたわらには、いつでも本がありました。たとえ、日がな一日、誰とも話すことはなくても、本を読めば、そこに誰かがあらわれ、自然と彼や彼女の声を聞くことになりました。

(本が素晴らしいのは――)

ヤマコシは少年が本を読む様子から、単純ではあるけれど、ひとつの大きな発見をしていました。

(ページをひらけば、すぐに別の世界があらわれ、ページを閉じれば、こちらの世界の音や匂いが戻ってくる)

(どうも、自分はいつからか自分以外のものを閉め出していたようだ)

ヤマコシは母への手紙を投函したあと、以前よく行っていた街角の書店に立ち寄りました。

「ずいぶん、顔を見なかったね」

店主が声をかけてきました。

「どうしたかと思っていたよ」

「いえ――」

次の日からヤマコシは汽車の中で買ったばかりの本を読み始めました。

ときどき、ページから顔を上げて窓の外の景色を眺め、それからまた本を読み、その合間にいつもの弁当を食べてまた窓の外を眺めました。

ついでに、汽車に乗っている人たちの様子も観察していましたが、世の中にはじつにさまざまな人がいるものだと感心しました。

(あの少年にまた会えるだろうか)

ヤマコシの目は少年を探していましたが、彼の姿を見かけることは二度とありませんでした。

セーターの袖の小さな穴

ぼくは仕事を失ったのでした。

ずいぶん長いあいだつづけてきた仕事でありましたが、ある日、

「もう、やらなくていいんだよ」

と云い渡されて、それで終わりでした。

ぼくはしかし不思議と悲しくはなく、少しのあいだであれば蓄えがあるし、これまで一度も休暇というものを経験したことがなかったので、次の仕事を見つけるまで、旅行にでも出て、しばらく何も考えずに過ごすのはどうだろうかと考えました。

ぼくは子供のころから楽天的な人間でした。楽天的であるというのはどういうことかと云うと、苦境に陥ったときに、その苦境の中に、何かしら楽しめるものを見つけ

るということです。

仕事をしなくていいのなら旅に出よう──。

そういうことです。

ぼくは毎日決まった時間に起きて、決まった時間に仕事場へ行き、朝から晩まで休みなく働いていました。ですから、旅行というものと縁遠く、具体的に云うと、飛行機にも船にも特別急行列車にも乗ったことがないのです。

「さて──」

ぼくは自分に訊きました。

「お前はいま、どこへ行きたいのだ?」

遠いところか?

たとえば、飛行機に乗って地球の裏側まで行くことだって、いまならできる。

このことはよくよく肝に銘じなくてはならない。「いまならできる」ということだ。

いずれまた仕事をするようになったら──楽天的なぼくは、きっとそうなると信じているのですが──そのときはもう旅行に出ようなんて思わなくなる。

そういう性格なのです。

仕事をしているときは仕事のことだけを考え、旅行をしているときは旅行のことだけを考えていたい。

だから、いましかない。

いまならできます。

丸二日間考えて、ぼくの出した結論は、旅先は「遠いところ」ではなく、「特急列車に乗って三時間くらいで行けるところ」というものでした。

それも、山奥や海べりではなく、いま住んでいる街とさして変わらない街へ行ってみたい——。

というのも、ぼくは仕事に集中するあまり、ほとんど引っ越しというものをしたことがありませんでした。これまでの人生の大半を、いま住んでいる街で過ごしてきたのです。ですから、他の街というものに興味がありました。

それに、旅先が普通の街であれば、何も持って行く必要がありません。

いつも使っている鞄にいつも持ち歩いているものを入れ、つまりは仕事に出かけるときと同じ装備で出かければいい。必要なものがあれば——たとえば、新しいセーターが欲しくなったら、その街の洋品店で買えばいいわけです。

じつは、セーターの袖に小さな穴があいていて、こういう小さな穴から始まって、いつのまにか取り返しのつかない壊滅に至るという経験がこれまでに何度かありました。

ですから、セーターはそろそろ買い替えた方がいいと思われました。

いや、どうせ買い替えると決まっているのなら、いますぐ買い替えた方がいいかもしれません。

ぼくは自分のアパートからすぐそこの駅前商店街に出ると、以前、ワイシャツを買ったことがある〈オノダ洋品店〉に向かいました。

ところがです。

ぼくが仕事に集中した日々を送っていたあいだに、どうやら〈オノダ洋品店〉は壊滅してしまったようでした。たしかここにあったはず、という場所は更地となり、おそらく、〈オノダ洋品店〉は最初の「小さな穴」に気づかなかったのでしょう。

（よし、それなら——）

こういうときは気持ちの切り替えが大切です。

ぼくはそのまま駅へ向かい、私鉄電車に乗って、三駅離れた〈真倉〉という隣街に向かいました。

それは、ぼくが仕事場に通うのとは逆の方向で、じつを云うと、ぼくはそちら方面に向かう電車に乗ったことが一度もありませんでした。何の用事もなかったのです。買い物はすべて駅前の商店街で済ませていましたし、趣味は読書ですから、自分の家か商店街の喫茶店などで本を読むのみです。

車にも自転車にも乗らず、スポーツやギャンブルといったものにも興味がありません。友人はいますが、彼はいま外国の大きな会社で働いているので、もう何年も会っていないままです。仕事以外で誰と会うこともありませんし、そうなると、本当にどこへも行く必要がない。たとえ、それがすぐ近くの隣街であっても——。

しかし、〈真倉〉駅を降りて駅前のロータリーに立ったとき、（そういえば）と子供のころに一度だけ歩いて〈真倉〉まで来たことがあったのを思い出しました。

街の様子はそのときと比べてだいぶ変わっているようでしたが、風景のそこかしこに記憶の底に埋もれていたものが反応し、何の変哲もない商店街が、いちいち感慨深く目に映りました。

＊

そうしてぼくは、あたらしいセーターを手に入れたわけです。

〈真倉〉の商店街の中ほどに〈スガヌマ〉という洋品店を見つけ、その店のマネキンが着ていた黒色のセーターを購入しました。

帰宅するなり、その黒いセーターに着替え、それが驚くばかりに自分の体にフィットしたとき、いわゆる天の声というものを耳にしたのです。

(旅に出る必要など、ないのではないか)

天の声がそう云いました。

(特急列車に乗って三時間のところにある街と、すぐそこの三駅のところにある隣町とのあいだに、さて、どれほどの違いがあるというのか――）

そのとおりでした。

いわゆる観光地などには出かけず、普通の街へ旅に出るというのが自分ならではの発見ではないかと自負していたのです。

しかし、どうせ普通の街に旅に出るのであれば、たしかに隣町で充分です。

それに、隣町であれば宿泊所を予約しなくてもいい――。

毎日、自分のアパートから隣町まで旅をする！

まずは自分なりの地図をつくろう。旅といえば地図とガイドブックです。

しかし、隣町のガイドブックなどあるはずもなく、であるなら、自分でつくるしかありません。最初の一週間はその作業に費やされ、隣町の街路を隈なく歩き、公共施設や商店の所在を書きとめて一枚の地図を完成させました。

この作業を経たことで、ぼくは〈真倉商店街〉のあらゆる店舗に精通し、商店街のいちばんはずれにある〈チケット〉という喫茶店が自分にとって理想的な居場所であることを発見しました。

店内は広くも狭くもありません。そして、暗くも明るくもない。

さらには、空いているわけでもなければ混んでいるわけでもなく、朝早くから夜遅くまで営業しています。

そして、なにより大事なことは余計な音楽が流れていないことです――。

あらかた一人で来店している客ばかりで、騒がしくする者などまずいません。およそ店内は適当な静けさが保たれ、当然のようにコーヒーがおいしく、いや、コーヒーに限らず、紅茶やココアやジュースやケーキといったものが、ことごとく質が高いのでした。

ぼくは毎日、〈チケット〉に通いました。

隅の方の席でノートをひらいて〈真倉〉のガイドブックの草稿を書き、二杯目のコーヒーを飲みながら持参した本を読みました。

もし、遠い街へ旅に出ていたらどうなっていたか。

おそらく、居心地のいい喫茶店を見つけ、そこへ毎日のように通っては本を読んでいたに違いありません。

あるいは、もし、この世に自分のような人間がもうひとりいるとしたら――。

彼はここから特急列車で三時間のところで暮らしていて、その彼が仕事を失って、どこか遠い街に旅に出ようと思い立つ。そこで選ばれたのが、他でもないこの〈真倉〉であったとしたら――。

「遠い引っ越し」のような旅をしてみたい、という自分なりの考えに従って云えば、遠くへ行くことも、すぐ隣町へ出かけていくことも、何ら変わりない――そう実感することができました。この実感が得られれば、この旅はもう九分九厘、成功したようなものです。

ぼくは一日も欠かさず隣町への旅をつづけました。

発表するあてのない幻のガイドブックの草稿を添削し、二杯目のコーヒーと共に本を読みつづけました。

それは外国の作家が書いた非常に長く平坦な物語がつづく小説でしたが、二週間をかけて読み終えると、その読書もまたひとつの旅のようでした。どこまでもつづく平坦な物語は変わりばえのしない風景のようで、しかし、その風景の中に、こちらの記憶を促すものが見え隠れしているようで、何度も本を閉じては忘れていた記憶をたどり直すことになりました。

しかし、とうとうその本を読み終えてしまったので、次に読む本を探すべく書店へ行ってみよう、と〈チケット〉を出て商店街を歩き出したところで気づきました。

この街には本屋がない――。

いいえ、昔はあったのです。

そうでした。ぼくが子供のころに〈真倉〉まで歩いてきたのは、欲しかった本が近所の書店で見つからなかったからです。そのとき、「〈真倉〉に小さいけれど本屋が一軒あるよ」と誰かから聞き、自分で探して商店街の途中に見つけたのでした。たしかに小さな書店でしたが、面白そうな本がたくさん棚に並んでいました。

おぼろげな記憶と共にいまいちど現在の商店街を歩き、(たしか、このあたり)と見当をつけたところに記憶のままの小さな店がありました。

ただし、シャッターがおりています。

書きかけのガイドブックで「保留」とした店のひとつでした。

その隣の店が黒いセーターを買った洋品店の〈スガヌマ〉で、ぼくが黒いセーターを着て店先に立っているのに〈スガヌマ〉の店主である菅沼さんが気づきました。

「どうしたんだい？」

「ええ」とぼくはシャッターのおりた店を指差しました。「ここは、昔、本屋さんでしたか」

「ああ、そうだよ」

「もう、営業していないのですか」

「そうねぇ。ご主人が亡くなって、二年くらい経つかな」

「そうでしたか」

「さみしいもんだよね、本屋がなくなるとさ。なんというか、セーターの袖に小さな穴があいちまったみたいな――」

「ええ」とぼくは同意しました。「よくわかります」

「あれ？」と菅沼さんは話の途中で急に身をひるがえし、「ほう」などと云いながら道のはずれに移動して空を見上げました。

「いい月が出てるじゃないか」

「はい？」

菅沼さんが見上げているあたりに目をやると、まだのぼってきたばかりの大きなまるい月がかろうじて見えました。

「月がさ、いいんじゃねぇか、と云ってるんだよ」――菅沼さんはそう云いました。

「なんのことです？」

「じつを云うと、おれはアンタがその黒いセーターを買ったときから見抜いていたんだ。アンタが隣の本屋を再開してくれるんじゃないかって。どうだい、図星だろ。アンタは本屋をひらきたい。だよな？」

思いもよらないことでした。

ぼくが本屋をひらく？

月を見上げました。

（いまならできるよ）

天の声がそう云いました。

二階の虎の絵

〈中山先生〉というのが、その店の名前です。

〈中山先生〉の主人である中山太郎氏は、その昔、学校の先生をつとめており、皆から「中山先生」と呼ばれていました。

先生は先生の仕事のあとに校正の仕事に就き、そのあと、少しのあいだ文具店などをひらいたときもあって、しかるのち、先生の母親から教わった〈たまごのケーキ〉を街の皆に食べていただきたい、という思いから店をひらいたのでした。

〈たまごのケーキ〉は、まるく平らに焼いたパイのようなケーキを三角に切り分けて売っています。その断面はさまざまな黄色にいろどられ、甘い卵の味と、少しばかり塩気をはらんだ卵の味と、濃厚な味、やさしい味、ミルクのような味、チーズのような味——と、卵からつくられたじつにさまざまなクリームやら餡のようなものが層になって詰まっています。

それは中山先生の母親が外国で教わってきたものでした。外国というのは、とても遠いところで、大きな暗い森があり、森の中には、いにしえより伝えられてきた大変に頭のいい一頭の虎が棲んでいたということです。中山先生の母親は、その国に若いときに滞在し、語学の勉強をしながら庭師の仕事を手伝っていました。

庭師の名前はマリオンといって、かたちのいい帽子をかぶった寡黙な老人でした。老人でしたが体はきびきびと動き、朝から夕方まで働いて、仕事が終わると、夜の始まりの食卓で、シェリー酒を小さなグラスに一杯飲むのでした。

中山先生の母親は、ただ一度だけでしたが、仕事の手伝いのあとにマリオン老人の家に招ばれ、小さなグラスに注いだ冷たいシェリー酒をいただいたことがあります。掌の中に隠れてしまうような小さなグラスで、細かい花の模様が彫り込まれていました。そっくり同じものがふたつあり、ひとつはマリオン老人が夕方にシェリー酒を飲むときにかならず使っているようでしたが、もうひとつのグラスはよく磨かれて、その表面に真新しい艶を残していました。

中山先生の母親は、そのグラスに自分のシェリー酒を注いでもらい、ああ、これはマリオン老人のいまはもういない伴侶――奥様が使っていたものに違いないと直感しました。

「ああ」

マリオン老人は頷きました。

「若くして逝ってしまったのだよ」

老人は窓の外を見ていました。窓の向こうには深緑色の森がひろがっています。

「彼女はとても絵が上手だった」

老人は森を見つめたまま絵を描く仕草をしてみせました。

「二階にね、彼女の描いた虎の絵がある」

そう云って、頭の上を指差したのです。

しかし、マリオン老人の家は平家ですから二階などありません。

中山先生の母親はその国の言葉をまだ充分に習得していなかったので、きっと自分は聞き間違いをしたのだろう、とそのときはそう思いました。

＊

ある日、マリオン老人が庭の仕事の合間に手提げ鞄の中から白い箱を取り出し、中山先生の母親に黙って差し出しました。

午後のお茶の時間でした――。

二人は依頼を受けて大きな庭をもった屋敷に来ていたのです。庭のはずれにあったベンチに二人は腰掛け、老人から受け取った白い箱のふたを中山先生の母親はひらきました。

すると、三角に切り分けられた柔らかそうなパイのような菓子がふた切れおさめられていて、水筒にいれた紅茶を飲みながら、その菓子を「食べなさい」と老人は勧めるのでした。

中山先生の母親は云われるまま、その麗しく甘やかな黄色い菓子を口に運びました。そして、その夢のような甘さと、ねっとりしたクリームの味わいに驚き、それまで食べたことのない美味しさに、文字どおり身を震わせました。

まるで、天国へやって来て、昔、一緒に遊んだ友達やいとこたちとお茶の時間を過ごしているような、うまく言葉にできない喜びを感じました。

「妻はそのケーキのつくり方を彼女の母親から教わったと云っていた」

老人は——おそらく——そう云っているのだと中山先生の母親は理解しました。

「そして、これが、母から娘へと代々つたえられてきた——」

マリオン老人は胸のポケットから皺だらけの紙きれを一枚取り出し、中山先生の母親に「レシピだ」と手渡しました。

その二日後です。

マリオン老人は「森へ行く」と書き置きを残し、目撃した人の証言によると、

「全身に銀色の鎧をつけて、よろよろと森に入っていった」

とのことでした。

それきり帰って来なかったのです。

「きっと、虎に会いに行ったんだろう」

「長い冒険になると、知っていたんだろうね」

「虎はアレだからな」

「みんなのね――」

「そう。みんなの魂だから」

近隣の人たちは口々にそう云いながら、暗い森の入口にたたずんでいました。

＊

中山先生の店は誰もが驚くばかりに繁盛しました。

小さな店の店先で、〈たまごのケーキ〉だけを販売しているのですが、常に行列ができ、街の人たちはこぞってその麗しくもやさしい甘さのケーキをもとめました。

五年間――。

客足が絶えることはありませんでしたが、五年目の秋の夕方に、先生は自分の兄の娘である姪のシズカに、「私はもう引退したい」と小声で漏らしました。

「私は自分の役割を充分にまっとうしたと思う。あとはシズカ――君に引き継いでもらいたい」

先生はこれまで誰にも見せたことのなかった〈たまごのケーキ〉のつくり方を記したレシピを胸のポケットから取り出しました。

「これは母親から教わったものだ。このレシピのとおりにつくればいい」

シズカは半年ほど前から店の手伝いを始めていましたから、じつのところ、先生がケーキをつくるところを、後ろからそっと見てきたのです。ですから、手順については、空で云えるほど熟知していました。

ただ、先生のいないときに試しに自分でつくってみたところ、先生のつくったケーキと何かが違うのでした。何かとても大切な、このケーキのいちばん真ん中にあるものが、

（抜け落ちている）

とシズカはそう思いました。

（何が足りないんだろう）

常々そう考えてきましたから、シズカは飛びつくようにして、そのレシピに目を通し、先生のきれいな字で書かれた手順を、ひとつひとつ嚙みしめるように読みました。

どれも、自分の思っていたとおりで間違いありません。

しかし、ただひとつだけ、ケーキの生地を作る工程の前に、「二階の虎の絵」と一行だけ書いてありました。

「これはどういう意味？」

シズカが訊くと、先生は、

「ああ、それか」

と視線を上に向けました。

「うちの二階に虎の絵があるんだ。その絵のことを考えながら生地を練るんだよ」

（二階に？）

シズカは店の二階には部屋がふたつしかないこと、そして、そのふたつの部屋のどこにも絵など飾られていないことを知っていました。

「みんな、あの絵の中にいるからね」

先生はそう云いました。

「このケーキを何百年にもわたってつくってきた人たちがね、みんな、あの絵の中にいるんだよ」

「そうなの？」

「いずれ、私もそこへ行く。母もそこにいるし、マリオン老人もいる。彼の若い細君と、その母親もね。さらにはその母親と、そのまた母親もね」

その二日後に中山先生は厨房で胸をおさえてうずくまり、なぜか、口の端に清らかな笑みを浮かべたまま帰らぬ人となりました。

＊

また夕方が来ました。

今日もまた〈たまごのケーキ〉は売り切れとなり、夕方に店を閉めたあと、シズカは店の奥の厨房で明日のケーキの下ごしらえを始めようとしていました。

始める前に、まずは小さなグラスに一杯、冷蔵庫で冷やしておいたシェリー酒をいただきます。自分に元気を与えるために。あるいは、自分をもうひとりの別の自分に変身させるための、これはちょっとした儀式です。

先生が遺したレシピのいちばん最初にそう書いてありました。

手順その一。

まずは気持ちを落ち着けて、小さなグラスに一杯、透明なシェリー酒をいただきなさい。

そこには先生の声だけではなく、男や女たちの老いた声や若々しい声——知っている声と知らない声が、いくつも折り重なっていました。

外は風が吹いています。

厨房の窓ガラスが風に音をたて、シズカは風の向こうから何か聞こえてこないものかと耳を澄ましていました。

時計の音しか聞こえません。

いいえ、時計の針が刻む一秒と一秒のあいだに、あたかも別の時間がまぎれ込んできたかのように、ひたりひたりと足音が聞こえてきました。夕方のアスファルトを歩きまわった冷たい肉球が、重たい体をゆっくりと運んでくる音です。

シズカはそれが、酒に弱い自分が一杯のシェリー酒に酔って見た夢のようなものだろう、とわかっていました。

ここは森ではないのです。

車や人が行き交う街の真ん中で、ただ、夕方になると、いっとき車も人も途絶えて、しんと静まりかえる十五分ほどの時間がありました。

その十五分のあいだに、虎は街を歩いて店にやって来るのでした。

なるべく目立たぬよう、息が荒くならないよう気をつけながら、店の裏手の木戸を鼻で押しあけ、シズカのいる厨房にそっと入ってきます。

ひたりひたり、と冷たい肉球が厨房の床を歩いて来る音が聞こえ、シズカがシェリー酒を飲んでいる、そのすぐ横を悠々と通り過ぎてゆくのです。

もう何度も繰り返されているので、虎は二階に上がる階段の位置も知っており、迷うことなく階段をのぼって、二階のふたつある部屋のうち外の通りに面した幾分か広い方の部屋にたどり着きます。その部屋の壁に、誰にも見ることのできない一枚の絵が飾られているのでした。

シズカは虎がしばらくのあいだ部屋の中を歩きまわる音を頭上に聞き、やがてそれが静まり返ると、虎は今日も無事に自分の絵の中に帰ったのだと、虎ではなくシズカの胸の内が安らかになるのでした。

「さて」

飲み干したグラスを置き、シズカは明日のケーキの生地をつくり始めました。

マーちゃんの眼鏡

大踏切の向こうに〈カドヤ〉という店があることは知っていました。

でも、ミナミは行ったことがありません。

ただ、〈カドヤ〉の通信販売のチラシを眺め、写真入りで並んだいくつかの商品の中からオーブン・トースターを注文したのです。

チラシはミナミの住むアパートのポストに投げ込まれていました。

ミナミはこのごろ目が悪くなり、チラシの細かい文字がよく見えないのです。

けれども、「安売り」と大きく印刷された三文字がミナミを脅かすように迫ってきました。そのトースターは評判の品でしたし、ひとり暮らしを始めるときに母親が買ってくれた旧式トースターは、ある日突然、パンを黒焦げにしてしまったのです。パンが焦げてしまうくらい悲しいことはありません。

その点、〈カドヤ〉から送られてきたあたらしい方式のトースターは、じつにちょうどよくトーストを焼き上げました。

それで、しばらくは何の不安もなく美味しくトーストを食べていたのです——。

ところが、さてどういうわけか、ある朝突然、あたらしいトースターがパンを黒焦げにしてしまいました。

ミナミは取扱説明書と保証書を引き出しから取り出してくると、「おといあわせ」と何故か平仮名で印刷されている注意書きを確認しました。

そこには大踏切の向こうの住所と電話番号が記されていて、ミナミは迷わず「もしもし」と電話をかけてみたわけです。

「はい」

電話機の中から快活な若い女の声が聞こえてきました。

「こちらは、お客さま相談係でございます」

「あの」とミナミはいざとなると何をどう云っていいかわからず、「パンが焦げてし

まうのです」とようやくそう伝えると、電話の向こうの彼女は、

「それでは、お客さまのお名前とご住所をお願いします」

綺麗な声でそう云うのでした。

その声に惹かれて、ミナミが住所と名前を告げますと、しばらくの沈黙のあと、

「ミナミ？」

その女のひとが綺麗ではない普通の声で訊いてきました。

「あたし、豆腐屋のマーだよ」

「え、マーちゃんなの？　本当に？」

ミナミは急に別のところへ連れ出されて、あたりの空気が一気にやわらいだような心地になりました。

「いつぶりだっけ？」

「そうね」とマーちゃんは記憶をたどっているようでした。「たぶん、中学の卒業ぶりかな」

「ずいぶん前だよね」

「ずいぶん前」

「どうして――」

「うん。こっちへ来たの。昨年、ようやくね」

「大踏切を渡って？」

「そう。部屋も引っ越して――」

「そうなんだ」

「そうなの。いま仕事中だから詳しいことは会って話さない？　夜の七時に〈バンザイ酒場〉で。あたし、久々にそっちへ帰るから」

＊

大踏切というのは本当の名前ではありません。

本当は――さて、何と云うのでしょう。きっと誰も知りません。

特別な踏切ではなく、遮断機の長さも通常のもので、警報音を響かせるあの赤い目をした例のものも、ごく普通の大きさでした。

では、なにゆえ「大踏切」と呼ばれているのかと云えば、こちらからあちらへ、もしくは、あちらからこちらへ渡ってくるその距離が、あきれ返るくらい大変に長いのでした。誰もが途中で引き返したくなるような長さで、向こう側がまるで見えないくらい圧倒的に絶望的に長いのです。

そのうえ、無事に渡りきったひとは二度と戻ってくることがなく、そのうち、こちらからあちらへ行き着くこと自体がおそろしくなって、ミナミのいるこちら側の住民は、いつからか誰も大踏切を利用しなくなりました。そもそも、そのあたりは電車の車庫が連なっているばかりで、陽が暮れるとぼんやりと電車のあかりだけが見えるさびれたところなのです。

しかしです――。

そのような大踏切の端に、ただひとつ〈バンザイ酒場〉というおかしな店があり、白い暖簾に「笑いながらバンザイをする男」が描かれていました。店の中にはその絵の男にそっくりの店主がいて、絵と違うのは、どんなときも、まったく笑顔を見せないのでした。むしろ常に怒っているようで、何か大変に不満を抱いた様子で名物の肉団子を黙々とこしらえています。

この肉団子は軽く揚げてあるので表面がカリッとしており、一見、とても美味しそうには見えないのですが、ひと口食べると、中から泉のように肉汁があふれ出すのでした。その美味さには余計なソースなど必要ありません。わずかばかりの塩が皿の端に盛られていますが、それですら、まじないのようなもので、塩をつけて食べる客は皆無でした。

大踏切を渡ろうとする者はいませんけれど、この肉団子を目当てに客はそこそこ訪れ、客はすべてこちら側の者であって、あちら側から大踏切を渡って肉団子を食べに来る者はありません。

（きっと来ないだろうな）

ミナミはそう思っていました。

マーちゃんはああ云っていたけれど、あれはクレーマーである自分をいなすためのマーちゃん流のやり方で、たぶんこちらに帰ってくるつもりはなくて、明日また電話をしてみると、「ごめん、今日こそ会おうよ」と誘ってくる――マーちゃんにはそういうところがありました。

ミナミはマーちゃんと特別仲が良かったわけではないのです。マーちゃんは女の子なのに黒ぶちの大人がかけるような分厚いレンズの眼鏡をかけ、つまり、とっても目が悪いのでした。

「あたし、眼鏡がなかったら、なあんにも見えないの」

そのくせ、マーちゃんは少々――というかかなりお転婆《てんば》なところがあり、はしゃいで走りまわって、大事な眼鏡をどこかに落としてしまうことが度々ありました。そういうとき、ミナミは誰ひとりマーちゃんを助けようとしない級友たちに辟易《へきえき》し、「大丈夫?」と声をかけて一緒に眼鏡を探してあげたのでした。

そういう仲ではあったのですが、いずれにしても、それはもうずっと昔のことです。〈バンザイ酒場〉の前に立ち、大踏切の向こうを見据えていると、「いつか」とミナミはもう何度口にしたかしれない思いを、またつぶやいていました。

「いつかきっと、向こうへ行こうよ、わたし」

子供のころからそう唱えてきたのです。

けれども、この大踏切は先に申し上げたとおり、そう簡単に渡り切れるものではありません。無茶をして特急列車に轢かれ、白いシャツが散り散りに宙を舞って命を落とした者もありました。電車の側も、いつからか大踏切を渡る者などいないだろうとタカをくくり、まるで踏切など存在していないかのように、思いきりスピードを上げて通過して行きます。

「でも、いつかはね――」

時計の針がまわって約束の時間の七時を十五分過ぎたとき、「やっぱり来ない」とミナミは待つことをやめて大踏切から離れようとしました。

そのときです。

ずっと遠くから――もはや彼方と云っていい遠い向こうから、ゆっくりしているような急いでいるようなおかしな足どりでマーちゃんはやって来ました。間違いありません。なぜって、マーちゃんは子供のころと寸分違わないあの黒ぶちの眼鏡をかけていたからです。

マーちゃんは決然とした面持ちでこちらへまっすぐ歩いてきて、ミナミの顔を認めるなり、「ひさしぶり」と手を挙げました。

＊

「お客さま相談係はアルバイトで、週に二日だけなの」

マーちゃんはそう云いました。

〈バンザイ酒場〉のいちばん奥の席に二人はおさまり、肉団子を口にしたマーちゃんは「ひさしぶりで、これすごく美味しい」と目を見張っていました。二人の他に客はなく、店主はひたすら黙々と肉団子をつくりつづけています。

「そんなことより」とミナミはマーちゃんのあちらでの生活が知りたくて仕方がありませんでした。「アルバイトをしていないときは何をしてるの？」

「そうね。日曜日はお休みで、あとの四日間は眼鏡をつくってるかな」

「眼鏡？」

「あたし、それが本職なの。眼鏡づくり。ひとりでね。全部、自分で考えて自分でつくってる。有難いことに人気があって、予約が三年先まで埋まってるの」

というのも、マーちゃんのつくる眼鏡はまたとない特別仕様で、本当にうまくできたときは、眼鏡をかけたひとが寿命を迎えるまでに見るすべての光景がいっぺんに見えてしまうというのです。

「気づいちゃったのよ、あたし」とマーちゃんは声をひそめて云いました。「この世でいちばん困るのは自分がいつ終わってしまうかわからないってことでしょ？　だから、その終わりの風景がどんなものなのか、レンズごしにすっかり見えるような眼鏡をつくろうと思ったわけ」

ミナミにはマーちゃんの云っていることがもうひとつわかりませんでした。そうした夢を描いているという話なのか、それとも本当に自分の寿命がわかってしまう眼鏡をつくっているのか――。

「ミナミもつくってみない？　だって、知りたいでしょう？　それがわかっていれば、いたずらに急いで大踏切を渡ることもないし」

（それは確かにそう）とミナミは自分の頭の中に青空がひろがるのを感じました。

（それさえわかっていれば、きっと不安を感じることもなくなる）

「じゃあ、つくろうね」

「――うん」とミナミは頷いていました。これはもしかして、またとないチャンスを神様が授けてくださったのかもしれません。

「でも、どうやって？」

「わけないわ」

マーちゃんは自分のかけていた黒ぶち眼鏡をはずすと、ミナミの目を裸眼のままじっと見つめました。マーちゃんの目は深い水の底のような色をしていて、その目と自分の目がひとつになり、自分の目がマーちゃんの目になって、いつのまにか自分で自分の目を覗き込んでいました。

「わかった」

マーちゃんは云いました。

「どんな眼鏡をつくればいいか、隅から隅まですっかりわかりました」

かしこまった口調でそう云うと、〈バンザイ酒場〉の箸袋に何か記号のようなものをいくつも書きつけました。

「できあがったら、すぐに送るから」

そう云って、マーちゃんは静かに自分の眼鏡をかけ直しました。

＊

それからもうずいぶん経つのですが、眼鏡はまだ送られてきません。

マーちゃんにはそういうところがありました。というか、そんな眼鏡は本当のところ存在していないのでしょう。

夕方になると、大踏切のあたりにだけ風が吹き、かんかんかんと警報音が鳴って、急行列車が通過して行きます。

〈バンザイ酒場〉の暖簾が風にあおられ、暖簾の中の笑顔が大きく歪んで、ミナミの背中をじっと見守っていました。

ヒイラギの青空

ヒイラギというのが彼の名前で、年齢はと云えば二十九歳です。

彼を知る女たちは、皆こう云うのでした――。

「見た目はいい男なんだけど、とにかく何を考えているのか、よくわからない」

それもそのはずでした。ヒイラギ自身、自分が何を考えているかわからないのです。

「でも」

彼はそのひとことだけを声に出してつぶやきました。あとは声に出すことなく、

(でも、自分がいま何を考えているか正確にわかる者などいるんだろうか?)

誰に向けてでもなく、そう問うのです。

彼は窓拭きでした。

高いところからぶらさがって、高いところにある窓を拭く仕事です。六年間、ほぼ毎日働き、つまり、ヒイラギはこの六年間のほとんどの時間を宙ぶらりんになって過ごしてきました。

（それはたぶん、いいことじゃない）

彼は自分に云いました。

（そろそろ地上に戻って、地上で息をして、地上で生活をしないと――）

窓を拭くのは良いことです。人は皆、一生に一度は窓拭きの仕事に就くべきで、窓をきれいにすることが人々の生活や仕事をどんなにより良いものにしているか知りません。

（でも、僕はもう窓拭きをやめて、あたらしい仕事をする方がいい）

ヒイラギは長いあいだ窓を拭きつづけてきて、だからこそ、そのような結論に至りました。

辞表を書きました。

空中の世界から離れて地上に戻り、ヒイラギは歩くたび自分の足の裏が地面に貼りついてしまうような気がして、重力の強さに辟易すると同時に畏敬の念を抱きました。

(重力は偉大だ。どんな人間も平等に地上につなぎとめてくれる)

「でも」

(どこへ行ったらいいのだろう――)

足が迷いました。地上はあまりに広く、広すぎて頭がくらくらしてきて、どちらへ行けばよいかわかりません。

彼はこれまでさまざまなビルにぶらさがり、地上に広がるいくつもの町を見おろしてきました。そして、そうした日々をつづけるうち、ある日、大変に混み入った、まるで迷路のような路地をもった街区を見つけたのです。

(もし、あの町で暮らしたら、どんな人生を送ることになるだろう)

(もしかして、あの迷路のような路地からぬけ出せなくなってしまうんじゃないか?)

「でも」

とヒイラギはつぶやきました。

(いつか、あの町に行ってみたい――いや、きっと行くことになるだろう)

＊

それで彼は地上をさまよい歩いて、その町にやって来たわけです。

（ついに）と彼は云いようのない喜びに浸っていました。

「でも」

（いったい、この町でどんなふうに暮らしていけばいいのか。まずもって仕事があるのか、もし、あったとして、はたしてそれが窓拭きよりも自分にちょうどよく合った仕事であるのか――）

路地は昔のままでした。

といって、ヒイラギはその町の昔のことなど知らないのです。ただ、その入り組んだ路地のひとつひとつが昔から変わらずそこにあることが直感でわかりました。

ヒイラギは直感で行動する男です。

彼がしばしば「何を考えているのかわからない」と評されるのは、彼が自らの直感に従って行動してきたからです。

（僕はこういう町が愛おしい）

彼はそのとき初めて町というものに対してそう感じたのでした。空中にいるときは区別がつかなかったのです。どんな町が自分にとって好ましく、どんな町を自分は望んでいないか——。

「でも」

彼は路地を歩きながら考えました。

（まったく迷路のようで、どちらへ行けばいいかわからない）

「でも」

彼は立ちどまって首を振りました。

（自分は迷うことが嫌いだ。だから、空中で仕事をつづけてきた。空中にいる限りは、右へ行くか左へ行くかで悩まずに済む。でも、ここではいちいち右か左かを選びながら路地を進んで行かなければならない。なのに、なぜ魅かれるのか。この町が昔のままであることが好ましいのか）

どうやらそのようでした。

昔のまま街路が混沌として整理されておらず、迷路のごとき路地で迷いながら生きていくことは――、

（そんなに悪いことじゃない）

彼の直感がそう思いなおしました。

「でも」

（さて、とりあえずどちらへ行ったらいいものか）

そのときです。

何か赤いものがひとつ、彼の足もとに転がってきました。いや、ひとつではなく、ふたつ、みっつ、よっつ、と少し傾斜した路地の高いところから次々転がってきます。

林檎でした。

＊

川をさかのぼるように、林檎が転げ出てくる源を探っていくと、路地の奥の他より幾分か高いところにある小さな工場にたどり着きました。

門があり、門柱の看板には〈山崎インク製造所〉とあります。

（インク？）

ヒイラギは足もとに転がった林檎をひとつ拾い上げ、彼を誘うようにひらかれている門の中に足を踏み入れました。

頭の上には青空がひろがっています。白い月が空のいちばん高いところに浮かんでいました。

門の中の敷地には古びた二階建ての建物がひとつあるだけで、建物には大きな扉があり、扉は半分ほどひらかれていましたが、外から窺う限り、中はしんと静まり返っています。

しばらくヒイラギがそこにそうして立っていると、扉の隙間から、

ゴロリ――。

またひとつ林檎が転がり出てきました。

間違いありません。林檎はこの建物の中から転げ出てくるのです。

「あの、すみません」

彼は建物の中の暗がりに向かって声をあげました。彼にしてはめずらしく大きな声です。

「誰かいらっしゃるでしょうか」

すると、ややあって、

「いますよ」

男のひとの声が返ってきました。それからさらに少し間を置いて、

「います、います」

女のひとの声も聞こえてきました。

ヒイラギが声のする建物の中へ――ひらかれた扉から中を覗き込むようにしておそるおそる入って行くと、その建物の中の全体が青いもので充たされているのを彼は直感で感じとりました。

それは目に見えない青です。

目には見えないのですが、きっとかならず青であり、青いものが快く彼の全身を包み込んでいるのが、目に見えているものより確かに感じられました。

「青い」

ヒイラギは感じたまままそう云いました。

「ほう。君は青い色が好きなのか」

ふいに声が近くから聞こえ、見たことのない男のひとが目の前にあらわれました。ずいぶん歳をとっています。少なくとも若くはありません。手が青く染まり、いえ、手だけではなく、そのひとは両腕の全体が青く染まっていました。

「そうですね――」

ヒイラギはそのひとの問いにしばらく考えてから答えました。

「いまわかったんですが、僕はたぶん青い色がこの世でいちばん好きです」

「それはどうして?」

今度は女のひとの声が近くに聞こえたかと思うと、やはり歳をとった女性がどこからともなくあらわれました。

「どうして、青が好きなの？」

「そうですね」

ヒイラギはヒゲを剃ってさっぱりした自らの顎をひと撫でし、

「空が青いからでしょうか」

自分でもおかしな答えだと思いながら、他にどう云ってよいかわかりませんでした。

「それはつまり空が好きということ？」

「ずっと空に近いところにいたので――空の青さが自分の身近にあるいちばん美しいものだったんです」

そんな彼の答えを聞き、彼の前に立った老いた男女は顔を見合わせて微笑みました。

＊

「わたしは、もともと万年筆を売っていたの。もうずいぶん昔のこと。そのとき、いちばん素晴らしい青いインクをつくっていたのが彼で」――と隣に立っている老いた男を指差し――「わたしは、その青さに感激して、この小さな工場を訪ねました。そして、そのまま彼と一緒になって、ずっと二人で青いインクをつくってきたんです。とてもとても長いあいだ。そして、そんなふうに長くつづいたものはね」と老いた女のひとは、そこでしばらく黙り込み、

「いつか終わりがくる」

小さな声でそう云いました。

「でも、そう思いたくない。ずっとつづいてほしい。万年筆を使うひとがいる限り、うちの青いインクも使いつづけてほしい」

ヒイラギは老いた女のひとの話を黙って聞いていましたが、

「僕は万年筆というものを使ったことがありません」

口が勝手にそう動いていました。

「それは、とても残念なことです」

老いた女のひとは云いました。

「万年筆を使ったことがないなんて、人生の中でいちばん大切なものを経験していな

いということです」

「そうなんですか」とヒイラギは素直に驚きました。

「そうですよ。うちのインクを使って文字を書けば、あなたの中にあるあなたにもわからないものが、ペン先からにじみ出てきます」

――このとき、いったん奥の小部屋に引っ込んでいた老いた男のひとが戻ってきて、その手には小ぶりな魔法瓶が握られていました。

「どうです？　喉がかわいたでしょう」

蓋をはずしてカップ代わりにし、魔法瓶をかたむけると、湯気と香りをふりまくコーヒーが注がれました。

「どうぞ」

老いた男のひとはヒイラギにカップを差し出し、ヒイラギが受けとって促されるまま口をつけると、それはこれまでに飲んだことのない、森の奥に湧き出る水をそのまま口に含んだような心地がするコーヒーでした。

あとがき

一日の終わりの寝しなに読んでいただく短いお話を書きました。先が気になって眠れなくなってしまうお話ではなく、あれ、もうおしまい？　この先、この人たちはどうなるのだろう――と思いをめぐらせているうちに、いつのまにか眠っているというのが理想です。

ここに並べられた小説が、そうした役割を果たせるものかどうかわかりませんが、作者としては、そのような思いで書いたのです。

掲載されたメディアからのリクエストで、「食」がテーマのひとつになっていました。しかしそういうわけで、寝しなに読んでいただくことを想定していたので、あまりこってりした味にならないよう塩加減を調整しました。そのとき頭の中に立ち上がった人と情景を、なるべくそのまま味わっていただけるよう、凝った料理をつくるのではなく、新鮮さを心がけてシンプルに仕上げたつもりです。

ひとつのお話だ、原稿用紙に換算しておよそ十枚ほどで、この十枚という限られた枚数が、なかなかいいのです。できれば、毎日、十枚くらいのお話を書いて暮らしていきたいです。

ただ、この小さなお話がきっかけとなって、もう少し長い話――場合によっては数百ページにもなる長い長い物語に化けていくことがあります。

今回、こうして単行本にまとめるにあたって、いくつかの話をひさしぶりに読みなおしてみたところ、細かいところを忘れていたものがあり、読みながら、その話で語られなかったことや、「その後」や「その前」や、同じ街の別の人物の話が浮かんだりしました。

たとえば、「美しい星に還る人」は、この設定で連作短編を書いてみたいと思いました。「世界の果てのコインランドリー」は長編小説に発展する可能性があります。「青いインク」「青いインクの話のつづき」「ヒイラギの青空」の三作は、すでに十枚という規定を超えて、飛び飛びの連作に拡大していきました。

「月とコーヒー」というタイトルは自分が小説を書いていく上での指針となる言葉のひとつです。おそらく、この星で生きていくために必要なのは「月とコーヒー」ではなく「太陽とパン」の方なのでしょうが、この世から月とコーヒーがなくなってしまったら、なんと味気なくつまらないことでしょう。生きていくために必要なものではないかもしれないけれど、日常を繰り返していくためになくてはならないもの、そうしたものが、皆、それぞれあるように思います。場合によっては、とるにたらないものであり、世の中から忘れられたものであるかもしれません。

しかし、いつでも書いてみたいのは、そうしたとるにたらないもの、忘れられたもの、世の中の隅の方にいる人たちの話です。

この本に収められた二十四篇のお話は徳間書店の野間裕樹さんの導きによって書くことができました。野間さんはこれらの話がひとつ書き上がるたび、心のこもった丁寧な感想文を送って下さったのです。野間さんは万年筆の愛好家で、ときには青いインクで手書きによる感想が届くことがありました。「青いインク」というお話が期せずして連作になっていったのは、その影響によるものです。

思えば、万年筆という筆記具も、いつからか「月」の側へ移行しつつあるものかもしれません。

次は万年筆とインクをめぐる物語で一冊、書きたいと思います。

二〇一九年　初春

吉田篤弘

初出
食楽 web（https://www.syokuraku-web.com/）
2016 年 12 月 15 日～2018 年 12 月 20 日
※単行本化にあたり加筆・修正しました

吉田篤弘（よしだあつひろ）

1962年東京生まれ。
小説を執筆するかたわら、クラフト・エヴィング商會名義による
著作とデザインの仕事を続けている。
著書に『つむじ風食堂の夜』『それからはスープのことばかり考えて暮らした』
『レインコートを着た犬』『ソラシド』『イッタイゼンタイ』『電球交換士の憂鬱』
『あること、ないこと』『雲と鉛筆』『おやすみ、東京』『おるもすと』などがある。

月とコーヒー

2019年2月28日　第1刷
2025年4月25日　第21刷

著者　吉田篤弘
発行者　小宮英行
発行所　株式会社徳間書店
〒141-8202
東京都品川区上大崎3-1-1　目黒セントラルスクエア
編集　03-5403-4349
販売　049-293-5521
振替　00140-0-44392
本文印刷　本郷印刷株式会社
カバー印刷　真生印刷株式会社
製本所　ナショナル製本協同組合

ISBN 978-4-19-864772-8